致青春 096

錯撩

（下）

翺搖　著

高寶書版集團

目錄
CONTENTS

第二十五章　男朋友

傳那句「我在想你呀」給時宴的時候，鄭書意是帶著點破罐破摔的心態。

反正被他聊天記錄截圖轟炸了那麼久，鄭書意覺得自己已經沒有什麼掙扎的必要了。

而且，她覺得，她剛剛是在說實話，沒有刻意演戲。

她就是在想他呀。

但時宴卻遲遲沒有再回訊息了。

所以即便她是實事求是，時宴還是被尬到了。

唉。

鄭書意蜷縮在沙發上嘆了口氣，一時不知道該怎麼使勁了。

遲遲沒有等到回應的秦時月又開始催鄭書意。

秦時月：『妳問了沒呀？』

秦時月：『問問他明天有沒有空。』

鄭書意這才想起來忘了秦時月的事情。

鄭書意：『好，我現在問。』

鄭書意：『不過明天叫他出來幹什麼？』

秦時月：『看畫展。』

秦時月：『我叫朋友幫我弄三張票。』

秦時月大學念的是藝術鑑賞系，雖然她沒怎麼聽過課，差點連業都畢不了，但她覺得，對喻遊這種外行人，應付老師的那點皮毛還是足夠了。

至少能唬唬人，讓喻遊覺得她是一個有藝術涵養的人。

鄭書意找到喻遊：『你明天有空嗎？』

等了很久，喻遊都沒有回訊息，應該真的在忙。

鄭書意倒是不急，然而捧著手機的秦時月卻有幾分忐忑。

以至於她媽媽跟她說話她都沒注意到。

宋樂嵐伸手敲她手機，「要掉進手機裡啦？」

「嗯？」秦時月抬頭，「什麼？」

「我在問妳，」宋樂嵐一邊攪動著湯匙，一邊說，「妳爸明天要去登山，妳要不要也跟著去，多運動運動，妳看妳每天不是坐著就是躺著，保持身材全靠節食，這怎麼行？」

「我不去。」秦時月說，「誰要跟他們老男人去登山。」

「什麼老男人不老男人的，好好說話，沒規矩。」宋樂嵐聽了有些生氣，但也不會在這種小事上發作，「還有蔣蘅他們那群小孩。」

「我不去。」秦時月還是堅持，「我明天有事的。」

一旁的時宴放下筷子，拿著小碗盛湯，語氣輕鬆，卻莫名帶了點嘲諷意味：「妳能有什麼事。」

平時的秦時月聽慣了他這樣的語氣，無法反駁，也不敢多說什麼。

但今天她心裡蠢蠢欲動，便也不怎麼管得住自己的嘴。

「我怎麼就不能有事了，我約了人看畫展。」

時宴笑了笑，語氣依然不那麼友善，「是嗎？誰那麼找不到事做，居然陪妳看畫展？」

秦時月感覺他今天心情有點好，居然跟她說了這麼多有的沒的。

但她不可能跟時宴說她要去追男人。

「書意姐啊。」秦時月刻意盯著他，下巴微抬，有些炫耀的意思在裡面，「不可以嗎？」

時宴果然不理她了。

下一秒，秦時月就收到了鄭書意的回覆，是她跟喻遊的聊天記錄。

喻遊：『明天？有點事情，怎麼了？』

鄭書意：『哦，沒什麼大事，就是週末嘛，我朋友那邊正好有三張畫展的票，差一個人呢，看看你有沒有空。』

喻遊：『那抱歉了。』

鄭書意：『沒關係沒關係。』

秦時月看了，眉眼垂下來，瞬間沒了剛剛那股耀武揚威的樣子。

秦時月：『哦……這樣啊。』

秦時月：『那你問問後天呢？』

鄭書意皺了皺眉，有些糾結。

追著問倒是也可以，但她怕喻遊萬一覺得她有什麼其他意思呢。

雖然他們之前聊天的時候，她明確表達過自己沒有相親的意思，可是平時沒什麼聯絡的異性，突然非要請人家去看畫展，很容易讓人想入非非。

鄭書意：『一定要我一起去嗎？』

秦時月：『不然呢？我單獨邀請人家，人家肯定會覺得我太不矜持了吧。』

鄭書意：「……」

妳現在也沒有很矜持。

她想了想，隨便吧，就當是為了時宴做好事。

於是鄭書意又問了喻遊一次。

鄭書意：『那後天有時間嗎？』

喻遊：『後天可以。』

鄭書意：『好的，那就下午兩點會展中心見？』

喻遊：『好。』

得到這個消息，秦時月的心情峰迴路轉，吃了兩口菜，笑瞇瞇地說：「我明天還是陪我爸去登山吧。」

時宴慢吞吞地靠到椅子上，抱著雙臂看她，「不跟妳的書意姐去看畫展了？」

「不去了。」秦時月腦袋小弧度地晃動，嘴角有淺淺的笑，「我決定後天再去，明天先去登山，我都好久沒見蔣蘅了，不知道他是不是更帥了。」

暮色蒼茫，院子裡新開的海棠花香被風送進來，盈滿鼻尖，渾然不知地讓人舒緩下來。

桌上的手機突然震動了一下。

時宴撈起手機，瞄了一眼。

鄭書意：『明天下午有空嗎？要去看電影嗎？』

鄭書意：『（乖巧.gif）。』

時宴緊抿著唇，回覆：『不去，工作。』

剛被秦時月放了鴿子就來約他了。

還真的把他當備胎了。

時宴順便側頭看了埋頭吃飯的秦時月一眼。

還是給秦時月當備胎。

他忽地起身，不輕不重地用手機敲一下秦時月的腦袋。

「幹什麼呀？」秦時月捂著腦袋，扭過頭時，只能看見時宴的背影。

她氣極了，卻也只敢小聲嘀咕：「我吃飯也招惹他了嗎，真是的……媽妳管管他呀！」

宋樂嵐聳肩：「誰敢管他。」

另一邊，收到時宴回覆的鄭書意滿腔期待落空。

工作狂嗎？大好春光還加班？

她一邊吃著晚飯，一邊打字。

鄭書意：『那我也來。』

時宴：『妳來幹什麼？』

鄭書意：『來掙表現。』

許久。

時宴：『隨妳。』

這就是允許了。

鄭書意笑著把剩下的飯吃完，洗碗的時候也哼著歌。

接起畢若珊的電話時，語氣拉得很輕佻：「幹什麼呀——想我啦——」

『妳好好說話，發什麼嗲。』畢若珊聽得一身雞皮疙瘩，『我問妳啊，我們以前隔壁班那個司徒怡現在是不是做網紅啊？』

「對啊。」鄭書意問，「挺紅的吧，我那天看了一下社群有兩百萬粉絲呢。」

畢若珊：『那妳還能聯絡上她嗎？我們公司最近有個產品找推廣，她還挺合適的呢。』

「好噠，沒問題，我找人幫妳問問看。」

畢若珊在電話那頭皺了皺眉，『鄭書意，妳今天怎麼回事，有病啊？』

「妳才有病。」鄭書意哼唧一聲，「我心情好。」

聽到這話，畢若珊其實是開心的。

她這段時間一直擔心鄭書意情緒不好，害怕她的身體也擔不住。

但鄭書意語氣這麼得意，畢若珊忍不住想損她兩句。

『喲，知道的是您心情好，不知道的還以為妳中五百萬了呢。』

鄭書意頓了一下，然後笑道：「那可不止中了五百萬。」

『嗯？』畢若珊被她勾起了興趣，『什麼呀？』

「也沒什麼。」鄭書意漫不經心地說，「就是我跟時宴應該算是重歸於好了吧。」

這麼說出來好像有點太莽撞了，鄭書意又補充道：「反正他現在不生氣了。」

『不生氣了？』

畢若珊一聲尖叫，把鄭書意嚇得差點砸了手裡的碗，「妳這麼激動幹什麼？」

不是畢若珊激動，只是在她的認知裡，但凡是男人，遇到這種事情，都會氣得七竅生煙。更何況是時宴那樣的人，這等於把他的面子與自尊狠狠地踩了兩百腳再丟進火葬場裡燒個八百遍。

所以當畢若珊聽說鄭書意翻車的時候，她已經在心裡為姐妹點上了一片蠟燭海。

然而，這才多久？時宴居然不生氣了？

難道這就是美貌的魔力？連這都能被原諒？

畢若珊摸了摸自己的臉，滿腦子不理解。

鄭書意在她耳邊絮絮叨叨地說著這幾天的事情，於是，畢若珊感覺自己的三觀在短短幾秒被震碎，現在又以奇怪的方式緩緩重組。

「所以啊。」鄭書意慢悠悠地說，「我明天去陪他加班。」

『行吧。』畢若珊已經接受了這個現實，但還是忍不住提醒，『那妳也不用這樣吧，我跟妳說了多少次了，妳要矜持一點，不然男人是不會珍惜妳的。』

鄭書意端著熱水，一口吞下藥片後，才一字一句說：「都什麼時候了，妳還在說那些公式定理。我想做什麼就去做了，想表達什麼就表達了，不然誰知道機會是不是突然就消失了。」

「而且……」一片藥卡在喉嚨裡，蔓延出苦澀的味道，「矜持就一定會被珍惜嗎？以前岳星洲追我的時候我夠矜持了吧，結果呢？」

這句話把畢若珊問住了，完全無法反駁。

「如果一個男人，因為我不夠矜持，因為是我先主動的，就不珍惜我，那……」

鄭書意嘆了口氣，「那我沒什麼好說的。」

第二天下午。

鄭書意什麼都沒帶，一身輕鬆地去了銘豫總部大樓。

在出入管理嚴格的辦公大樓裡，鄭書意第一次一路暢通無阻地上了十七樓。

走進時宴的辦公室時，他坐在電腦後，直到鄭書意走到他面前都沒抬一下眼睛。

鄭書意站到他面前，「我來啦。」

時宴分明看見了，也聽見了，但就是不理她。

鄭書意又繞到他側邊，伸手在他眼前晃了晃，「我隱形了嗎？」

時宴摘了眼鏡，抬眼看向她，然後朝側邊抬了抬下巴。

鄭書意看過去，那裡是一張沙發。

「去那邊坐。」

這句話怎麼聽起來有一股「哪邊涼快哪邊待著」的感覺。

鄭書意「哦」了一聲，去了她該去的地方。

轉身的那一刻，時宴看著她透著委屈的背影，嘴角往上揚了一下。

辦公室的門一關上，便隔絕了外界的所有聲音。

時宴專注地看著電腦螢幕，一點聲響都沒有，若不是親眼看見這個活生生的人，鄭書意會以為這間辦公室裡沒有除了她以外的活物。

一開始還端端正正地坐著，可是時間久了，又沒有事做，就覺得腰不是腰，背不是背。

反正時宴不會往她這裡分一點神，鄭書意便慢慢地歪進了沙發裡。

過了一陣子，時宴那邊還是沒動靜，鄭書意開始試圖吸引他的注意力。

一下子走到窗邊摸摸綠植，一下子又回到沙發上看手機，還跑去對角的地方伸個懶腰。

那道身影就在時宴的餘光裡晃來晃去，沒有停止。

在鄭書意第三次摸綠植的葉子時，身後的人終於有了動靜。

鄭書意立刻轉身，卻發現時宴的注意力不是在她身上，而是低頭撥通了公司內線。

電話接通的那一刻，他抬眼，目光和鄭書意相接，然後看著她，一字一句對電話裡的人交代：「訂兩張電影票。」

電話那頭，祕書問道：『要包場嗎？』

鄭書意看著他，彎了彎唇角。

時宴收回目光：「不用。」

祕書：『需要我把正在上映的片單傳給您嗎？』

時宴：「不用，妳隨便挑。」

時宴再次抬眼，鄭書意已經跑到沙發旁收拾東西了。

他看著她的一舉一動，補充道：「要最近一場。」

祕書：『好的，等一下就把資訊傳到您手機上。』

掛了電話，鄭書意已經整理好自己的東西，規規矩矩地坐在沙發上，看著時宴。

時宴也看著她。

目光淡淡地，卻像是第一次見到鄭書意那樣，細細地打量她。

片刻後，他甚至屈臂撐著太陽穴，視線一寸寸在鄭書意臉上流轉。

鄭書意不知道他在想什麼，只感覺他的眼神像是在看待宰的肥豬一樣，莫名有些害怕。

「到底還看不看電影了？」

「急什麼，先看看妳。」

時宴依然直勾勾地看著她，視線一點點往下移。掃過她的腰，她的腿，最後又定格在她的雙眼。

我一點也不急，鄭書意在心裡默念。

幾秒後，她終於受不住，雙手捂住發燙的臉，「你到底在看我什麼啊。」

時宴忽然起身，走到她面前，半蹲著，拉開她的手。

鄭書意不得不再次對上他的目光。

時宴近距離地看了一陣子，才勾了勾唇角，「看看這電影到底值不值得我浪費兩個小時。」

鄭書意：「……」

不管時宴覺得值不值得，反正他還是帶著鄭書意來電影院了。

情人節剛過，又恰逢週末，電影院依然人山人海。

但時宴的祕書訂的是ＶＩＰ廳，兩人去的時間又正好，不需要等待，直接進了影廳。

只是在入口處，鄭書意聽見有人在叫時宴。

「時先生！」

鄭書意比時宴還先回頭。

看見兩個女人一同走了進來，其中一個女人盤順條靚，長髮披肩，雖然沒怎麼化妝，可氣質還是讓她身邊的同伴泯然眾人。

只是這位美女在時宴回頭之後，目光卻停留在鄭書意身上。

短暫幾秒後，她收回目光，重新看向時宴，「我是EM金融的Fiona，還記得嗎？上次在EM慈善夜見過的。」

一聽到「Fiona」這個名字，鄭書意的神經猛地提了起來。

她記得，關濟曾經在電話裡說的那個女人就叫這名字。

她也終於明白Fiona為什麼一過來就盯著她看了。

思及此，鄭書意感覺到一股危機感，不動聲色地，靠時宴更近了。

這種無聲的宣誓主權，Fiona怎麼會不懂意思。

她一邊看著時宴，朝他伸手，一邊不著痕跡地關注著鄭書意。

時宴卻不知道鄭書意暗中的較量，很正經地跟Fiona說話，「好久不見。」

「是呀，沒想到在這裡遇見了。」Fiona說著，便朝時宴伸手。

看見他們握手的那一刻，鄭書意咬緊了牙。

雖然只交握了不過幾秒，鄭書意卻覺得像是黏了好幾分鐘，恨不得上前把兩人掰開。

收了手，Fiona還想說什麼，但這時，影廳裡的燈突然滅了。

「走吧。」時宴拉著鄭書意往裡面走，「電影要開始了。」

Fiona 看了兩人一眼，也跟著自己朋友朝座位走去。

巧的是，她們的座位分別在前後排。

VIP 廳是可調整的座椅，前後間隔很寬，所以鄭書意只能感覺到後面那道隱隱約約的視線，卻不能感知到其動作。

鄭書意全程坐立不安，注意力完全不在大螢幕上，對這部電影的唯一印象就是片名《花好月圓》。

反而是一旁的時宴好像看得很認真。

鄭書意靜不下來，腦子閃過很多念頭後，突然問道：「你要喝什麼嗎？」

兩人的座位之間有可收縮的桌子，上面有條碼，掃一掃就可點單，會有專門的人送東西進來。

時宴目不轉睛地看著螢幕：「不喝。」

鄭書意：「那你要吃爆米花嗎？」

時宴：「不吃。」

無趣。

鄭書意點了一桶爆米花給自己，她不想中途去上廁所，所以沒點喝的。

沒多久，便有人貓著腰送了進來。

鄭書意吃著爆米花，注意力還是在身後的 Fiona 身上。

就算只是直覺，她也能確定，Fiona 沒有在看電影，而是在看時宴。

突然，鄭書意感覺到身後的人起身了，她咀嚼爆米花的動作突然僵住，調動了全身的神經，一動也不動。

「我們點了礦泉水，」Fiona 伸手拍了拍時宴的肩膀，「你們要嗎？」

鄭書意用力咬著爆米花，逼迫自己不要往那邊看，要裝出一副雲淡風輕的樣子。

「不用。」時宴的聲音在她耳邊響起，「謝謝。」

鄭書意鬆了一口氣。

但是心裡那股危機感卻越演越烈，像貓抓一樣，不做點什麼，她就安分不下來。

幾分鐘後，鄭書意突然把爆米花遞給時宴，「要吃嗎？」

時宴看都沒看她一眼，「不吃。」

鄭書意感覺到 Fiona 在看他們。

這樣被拒絕，豈不是笑話。

於是鄭書意乾脆捏出一顆爆米花，遞到時宴面前，「吃一顆嘛，很甜的。」

時宴側頭看著她。

影廳昏暗的燈光，依然藏不住鄭書意那做作的祈求表情。

「吃嘛。」她皺著眉，好像時宴要是不吃，她當場就要哭出來。

大螢幕上的畫面一幀幀變幻，讓兩人之間的光影忽明忽暗。

時宴突然往前伸了脖子，然後低頭。

黑暗中，鄭書意看見他雙眼緊緊地看著她，卻就著鄭書意的手指，含走了那顆爆米花。

好像，他的雙唇還含了她的指尖一下。

溫熱的感覺一觸即退，隨著血液的流速，蔓延到鄭書意全身。

她愣了一下，倏地轉過身，端端正正地看著螢幕。

雙手卻不知道往哪放，胡亂地抓起幾顆爆米花就往嘴裡塞。

咬到自己指尖的那一刻，她再次愣了一下。

然後像做賊一般，迅速垂下來手，輕輕地摩挲著指尖。

許久之後，鄭書意都沒再說過話。

在時宴以為鄭書意終於安分了的時候，卻看見她緩緩轉身，朝身後的 Fiona 說：「我們點了爆米花，妳要嗎？」

「……」目睹了一切的 Fiona 被鄭書意那做作中帶了點清新的婊裡婊裡氣得想笑，「不用，謝謝。」

經此一役，鄭書意終於能全心全意看電影了。

不過此時電影已經過半，鄭書意這時候開始看，有些銜接不上劇情。

她往時宴那邊靠了靠，問道：「男女主角還沒在一起嗎？」

時宴看著螢幕，平靜地說：「這不是男主角。」

「啊？真的假的？」鄭書意連爆米花都顧不上吃了。

電影名字不是叫做《花好月圓》嗎，女主角是在跟誰親親抱抱呢。

而且目前電影裡就這個男的戲份最多，他不是男主角誰是？

然而最後二十分鐘，導演像是經費不足一樣飛速拉進度，在十場戲內完成了前男友為了事業放棄了女主角，隨後女主角立刻投入別的男人懷抱並且迅速準備結婚的劇情，看得觀眾一愣一愣的，甚至都忘了罵娘。

看著進度條已經撐不住了，鄭書意忍不住開始碎碎念，「啊？難道男主角只有最後二十分鐘的戲份？」

時宴側頭，淡淡看了她一眼，沒說話。

到最後，女主角將請帖親手送到曾經深愛多年的男人面前，氣得他手一抖，把寫了幾十萬行的程式碼全部暴力摧毀時，鄭書意抱著爆米花，被這劇情震得眼睛都忘了眨。

「這個女主角這麼狠的嗎？」

冷不防，耳邊響起時宴的聲音，「專挑他事業上升關鍵時期的時候送請帖，是挺狠。」

鄭書意點點頭，「嗯嗯。」

時宴：「應該緩一緩。」

鄭書意：「對啊。」

時宴：「滿月酒的時候再請他。」

鄭書意：「……」

她往嘴裡塞了兩顆爆米花，乖乖閉上了嘴。

怎麼感覺，剛剛時宴在指桑罵槐呢。

鄭書意越想越覺得時宴有這個意思，於是在電影落幕的時候，突然說道：「但是我覺得，女人不狠就不穩。」

她和時宴一同起身，跟著他走出去：「是吧？」

話音剛落，鄭書意不知腳底下是踩到什麼東西，突然扭了一下。

電光火石間，時宴一把扶住她。

鄭書意：「……」

四目相對的時候，她有預感，時宴可能又要陰陽怪氣了。

可是時宴就這麼看著她，突然笑了笑，然後鬆了手，轉身往出口走去。

莫名其妙。

鄭書意抱著自己沒吃完的爆米花，走了出去。

整個影廳的觀眾在同一時間湧出，喧鬧人聲中，百分之八十的人都在辱罵這個神轉折劇情，誰能想到聽著這麼美好的名字，竟然是這樣的劇情。

鄭書意不懂，時宴的祕書為什麼會選一部這樣的片子，是不是平時被時宴壓迫久了，尋機報復他。

其實祕書也無辜，她想著情人節檔期嘛，上映的自然都是美好的愛情片，何況這名字聽起來就圓滿，而且社群上還有很多人推薦，說：「情人節大家一定要帶上愛人去看《花好月圓》哦！推薦推薦！」

經過洗手間，裡面排了不少人，鄭書意雖然沒喝水，但想進去補個妝。

於是她把爆米花塞給時宴，「幫我拿一下，我去上個廁所。」

轉身的那一剎那，時宴看見一條亮晶晶的東西從鄭書意脖子上滑落。

然而人已經小跑著奔向洗手間了。

時宴蹲下，將那條項鍊撿了起來。

Fiona 和她的朋友出來時，便見時宴站在電梯間的窗邊。

他一個人，手裡拿著半桶屬於女生的爆米花。

這看起來格格不入，卻似乎又是人之常情。

Fiona 跟朋友打了個招呼，然後走向時宴，「時先生。」

時宴看過來，微微頷首。

Fiona 靠到窗邊，環顧四周，自顧自說道：「我聽關濟說你有一個比你小幾歲的外甥女。」

她觀察著時宴的神色，以極其輕鬆的語氣來掩飾話裡的試探，「剛剛那個是你的外甥女嗎？很漂亮呀。」

「她不是我外甥女。」時宴說這話的時候，沒什麼情緒，也不帶任何溫度。

Fiona 嘴角微微翹起。

然而她正要繼續說話時，卻聽到時宴又補充了一句：「不過確實挺漂亮。」

「……」Fiona 抿著唇，垂眼調整一下情緒，又笑著說：「對了，我預訂了晚餐，要一起去嗎？」

「不用了。」時宴抬頭，視線越過 Fiona 的頭頂，「她比較怕生。」

話音落下的同時，Fiona 好像聽見了鄭書意的聲音。

她一回頭，看見鄭書意和一對中年夫妻並肩走過來，同時還在熱絡的聊天。

鄭書意：「對對對，這電影簡直騙人，情人節上映這個，導演是在報復社會吧？」

女人：「妳不知道吧，我看過八卦，說這個本來就是情人節甜蜜檔的，結果男主角快拍完的時候得罪了投資方，然後突然就變男二了。」

鄭書意：「啊？還能這樣？」

Fiona：「……」

好一個怕生的女人。

司機在電影院樓下等著。

見時宴和鄭書意出來，立刻下來幫他們打開車門。

然而時宴剛邁腿要上車，卻感覺後面的人沒了動靜。

他回頭，看見鄭書意站在原地不動，抱著她那半桶寶貝爆米花，腳尖碾著地面，努力裝出一副扭捏羞澀的樣子。

「今天天氣好好哦。」

時宴沒有收回已經跨上車的腿，「妳又想幹什麼？」

鄭書意：「我不想坐車，你陪我走一下嘛。」

雨後放晴的傍晚，霞光萬道，天邊奇光異彩，豔色耀目，遙遙投到行人身上，卻溫柔得像暖黃的薄紗。

時宴看著鄭書意，神色難辨。

鄭書意理直氣壯地說：「都一起看電影了，再一起散個步怎麼了？服務要全套。」

「服務？」時宴眉梢微抬，手撐在車門上，就是沒有要過去的意思，「我服務妳？」

鄭書意覺得自己好像確實有點理不直氣不壯，「也不是那個意思……」

「誰在掙表現？」時宴終於走了過來，「我嗎？」

鄭書意：「……」

「上車上車！」她甩手往前走，「反正我穿著高跟鞋也不是很想走。」

和時宴擦肩而過時，卻被他拽了回來。

剛剛站定，時宴凝視她片刻，雙手隨即穿過她的頭髮，順著她的脖子繞到後面。

這一刻的突然親近，驚得鄭書意心頭猛跳。

幾乎是反射般的反應，她立刻屏住呼吸，閉上了雙眼。

心裡卻在想，剛剛那一幕是美到他了嗎？

但、但是，這大庭廣眾的，這麼擁吻不太好吧。

路邊還有好多小學生，被看到了會帶壞小孩子吧。

還有那麼多高齡的大媽大爺在散步，他們會覺得辣眼睛吧。

唉，有時候男人情不自禁的侵略性真令人發愁。

鄭書意幫自己做好了當眾接吻的心理建設，卻半天沒等到吻落下來。

反而是脖子後面的頭髮被時宴撩了一下，隨後，他鬆開手，垂眼看著鄭書意。

「妳在幹什麼？」

鄭書意倏地睜開眼睛，看見時宴正經的表情，同時感覺到自己脖子上多了一條冰涼的東西。

「……」她僵著嘴角，笑了笑，「沒什麼，呼吸一下雨後清新的空氣。」

「……」時宴顯然不相信她的胡扯，彎下腰來，湊近了些，「以為我要吻妳？」

他今天是從辦公室出來的，衣著嚴肅正經，偏偏語氣很輕佻。

鄭書意梗著脖子，心想反正她在時宴眼裡也不算什麼正經人了，便理直氣壯地說：「對啊，怎麼了？」

時宴目光未動，語氣卻突然變得有些涼：「我沒有在大庭廣眾下接吻的習慣。」

他直勾勾地看著鄭書意，心裡那股讓他煩躁的念頭正在無聲地橫衝直撞。

怎麼，以前跟那個前男友經常這樣？

然而鄭書意並沒有抓住時宴想表達的意思。

她突然笑了笑，還兩眼放光：「那不是大庭廣眾就可以？」

時宴：「……」

滿懷的嫉妒突然被她這個笑揉得碎在胸腔中，很難再聚集。

可時宴又沒那麼甘心。

只不過，他連發作的資格都沒有，只能任由其變成一種難以名狀的情緒。

樹影斑駁，把時宴嘴角的那一抹笑晃得很虛，「那妳剛剛不跟我上車？」

鄭書意：「……哎呀！」

「你早說啊！」她笑瞇瞇地拉住時宴的手臂，作勢要往車上走。

只是她的動作很輕，根本沒有用力，被時宴輕輕一拽，就回到原地。

時宴：「安分點。」

鄭書意規規矩矩地收了手，她當然沒有把時宴的話當真，還沒傻到那份上。

暮色冥冥，喧鬧的街道熙熙攘攘，時宴手裡拿著半桶爆米花，顯得身上多了幾分煙火氣。

他配合著鄭書意的腳步，走得極慢，一步步踩在石板路上，把時間的流逝放慢了幾分。

「妳明天跟秦時月去看畫展？」

他冷不防開口，鄭書意「啊」了一聲，「你知道還問我，想幹什麼，想一起去啊？」

時宴沒理她，自顧自地說：「妳看起來不像是喜歡藝術品的人……」

鄭書意突然打斷他：「我看起來怎麼就不像了？我看起來很粗俗嗎？很沒有品位嗎？」

時宴無語地側頭看著鄭書意，她還不依不饒了：「你今天非得給我說出個一二三來，什麼意思啊你？」

然而時宴還是沒接她的話，「秦時月雖然學的是藝術鑑賞，但她肚子裡有幾分墨水我很清楚。」

「所以，」他頓了下，聲音漫不經心地，但話裡的意思很明顯，「妳們兩個想偷偷摸摸幹什麼？」

鄭書意被他問得有些心虛，又不能直接跟他說你外甥女要追男人。

時宴這個男人怎麼就不能神經大條一點，為什麼連這種事情都能猜出來。

「你自己去問你外甥女。」鄭書意的聲音小了許多，無處不透露著底氣不足，「我又沒有她跟你親近。」

時宴輕聲道：「妳們還有祕密了。」

鄭書意沉默一下，突然不想瞞著他了，於是說：「其實是小月她想認識我的朋友，所以叫我幫忙約一下。」

「嗯？」時宴隨意地問，「哪個朋友？」

「一個……就……」鄭書意面露糾結，不知道怎麼跟他說。

一個相親認識的朋友？

時宴感覺到她的猶豫，垂眼打量她：「男的？」

鄭書意：「……」

她點了點頭。

時宴掀了掀眼，神情逐漸嚴肅，「跟妳相親的那個朋友？」

鄭書意：「……」

「什麼相親不相親的。」鄭書意說，「你不要說得那麼俗氣。」

時宴被她逗笑，點著頭，嘴角彎了彎，「嗯，我俗氣。」

鄭書意瞄了他一眼，感覺好像有點不開心，又嘀咕道：「還小氣。」

「我小氣？」時宴突然停下腳步，看著鄭書意，話已經到了嗓子眼了，卻捨不得說出來。

他若是小氣，她現在還能好好地站在他面前？

這要是換做他身邊另一個朋友，比如關濟，這樣一個好脾氣的男人，若是被一個冷不防冒出來的女人當做報復前男友的工具來利用，他不一定會下狠手做什麼，但老死不相往來也是肯定的。

時宴就這麼沉沉地看著鄭書意。

看得鄭書意害怕了，連忙改了口，「沒有，你最大氣了，所以明天你要不要一起去？」

時宴：「不去。」

鄭書意：「……不去看看你外甥女看上的男人是什麼樣子的啊？」

時宴恢復了慢悠悠的步調，不急不緩地說：「被妳看上去相親的男人，能差到哪裡去。」

鄭書意被他這話說得甜滋滋的，又有點想翻白眼。

怎麼自誇還帶拐彎抹角的呢，等一下——

「我什麼時候看上他了？」

時宴笑了笑，沒說話。

鄭書意也不跟他計較這個了，扯了扯他的袖子，「那比你大幾歲，你也不介意？」

「我介意什麼？」時宴挑了挑眉，「比我大十歲不也是我的晚輩？」

鄭書意：「……」

好有道理哦。

幸好時宴真的沒打算去，不然秦時月可能會氣得坐時光機回到正月去剪頭髮。

她難得大清早就起來，美容師上門做臉做髮型，忙了這麼一陣子，要是時宴來了，豈不是百分百限制她發揮。

說不定喻遊還會以為她有毛病。

這天是個豔陽天，氣溫陡升，行人紛紛脫下冬衣，換上了輕薄的衣服，甚至有女孩子已經忍不住光腿穿上短裙。

秦時月和鄭書意到達會展中心時，喻遊已經等在門口。

因為是週末，他穿得隨意了些，單穿一件灰色薄毛衣，正看著門口展板上的介紹內容。

在來往的人群中，他微躬著背，專注的神情反而為他添加了幾分疏離感，特立於芸芸行人之中。

秦時月遠遠地看了一眼，拉著鄭書意的袖子，笑吟吟地說：「妳看，一心搞學術的氣質就是不一樣，多斯文啊，不像我舅舅那種……」

秦時月感覺鄭書意涼涼地看了她一眼。

她咳了一下，改口說道：「都不像我舅舅……那種……德智體美全面開花。」

「看妳說的，」鄭書意拍了拍她的肩膀，「妳在這裡把他誇上天，他也聽不見呀。」

她帶著秦時月走過去時，腳步聲引起喻遊的注意力。

他回過頭，朝兩人笑了笑，「來了？」

「你等很久了嗎？」鄭書意問。

喻遊：「剛到。」

「嗯嗯，那就好。」鄭書意指了指秦時月，「這是我朋友秦時月，前天才見過的。」

秦時月立刻朝喻遊揮了揮手，「喻先生，下午好。」

「妳好。」喻遊看了手錶一眼，朝兩人抬了抬下巴，「進去吧。」

他走在前頭，兩個女人落後他兩步，有了說悄悄話的空間。

「等一下妳記得把空間留給我發揮啊，」秦時月用氣音說，「我是專業的。」

「知道。」鄭書意比了一個把嘴封上拉鍊的動作。

之後的半個小時，鄭書意幾乎是能不說話就不說話。

就算秦時月把話題遞給她了，也是一句「我外行我不懂的」來糊弄過去。

非常敬業的女配角修養。

今天會展中心舉辦的是《印象莫內藝術展》，核心賣點是以多媒體全息投影技術，將數位複製後的莫內的近四百幅作品，以流動即時影像的形式展現出來。

由於莫內是法國最重要的畫家之一，又是是印象派代表人物，很多人即便不懂畫作，也知道這個名字，一聽說有這麼一個新鮮的畫展，紛紛前往，力求在社群動態上留下藝術的痕跡。

因此，即便整個畫展分為八個主題館，依然人滿為患，完全不是鄭書意想象中的清冷高格調。

甚至還有不少人拖家帶口來玩，當做看4D電影，到處都有小孩子的聲音。

莫內是印象派大家，鄭書意雖然品不出其藝術價值，但光看著這些自然的色彩，也是賞心悅目的。

而另一邊，秦時月滔滔不絕地為喻遊講解這些名畫。

鄭書意聽了一耳朵的「色階」、「筆觸」、「印象主義」，對秦時月有些刮目相看了。

沒想到平時一副只知道吃吃喝喝的樣子，肚子裡還是有點墨水的。

三人轉向「莫內的光」主題展館時，鄭書意湊到她耳邊說：「可以呀，看不出來妳真的有點藝術涵養的。」

「可以什麼呀。」秦時月捂著嘴說，「昨晚上睡前看了維基百科，瞎拚瞎湊的，我都不知道自己在說什麼。」

鄭書意：「……」

看她震驚的樣子，秦時月還安慰他：「反正他也跟妳一樣，被唬住就可以了。」

鄭書意：「……」

好像也挺有道理的。

比如此刻，秦時月指著那幅名揚世界的《日出．印象》侃侃而談的樣子，在鄭書意看來，還真的像那麼一回事，而喻遊也認真地聽著，從不打斷她，時不時回應她兩句。

不知為什麼，鄭書意突然有點可憐就這麼被唬的喻遊。

他現在可能以為自己長了好大好大的見識吧。

鄭書意無奈地笑了笑，跟兩人打了個招呼，便朝洗手間走去。

公共場合的女廁所向來人滿為患，鄭書意排隊的時候突然接到王美茹的電話。

她就是打電話過來閒聊的。

鄭書意聽她說著生活瑣事，思緒自然就轉到了那邊，因此，腦海裡一些遙遠的記憶突然被勾了起來。

她愣了一下，急忙找了個藉口掛了電話，然後打開搜尋引擎，搜索到青安大學美術學院院長——然後截圖傳給秦時月。

過了一下子。

秦時月：『這誰？』

鄭書意：『喻遊的媽。』

秦時月：『……』

鄭書意現在開始可憐秦時月了。

等她回到展廳，秦時月早已結束了她的「講解」，面無表情地跟著喻遊朝演播廳走去。

鄭書意跟上他們的腳步，湊到秦時月身邊，低聲安慰她：「沒事，雖然他媽媽是美術學院的院長，不代表他就懂藝術。」

秦時月可憐地看著她，用嘴型說：「妳是在安慰我嗎？」

「不是呀。」鄭書意握住她的手，以示鼓勵，「妳看妳爸爸和妳舅舅都是搞金融的，妳不也是一竅不通嗎？」

秦時月：「……」

謝謝，有被安慰到。

會展有一個環節是播放莫內的生平紀錄片。

可能很多人對紀錄片的直觀印象都是枯燥無趣，所以影廳裡人很少。

事實證明，大眾的選擇是正確的。

即便畫面優美，音樂悅耳，但其平淡如水的節奏和旁邊催眠的聲音讓鄭書意幾度快睜不開眼睛。

秦時月自然也好不到哪裡去，她坐在鄭書意和喻遊的中間，雙手抱臂放在胸前，靠著背椅，看起來像是在認真看紀錄片，其實好幾次都快失去意識。

影片進度過半時，影廳裡只剩下他們三人。

秦時月悄悄瞄了喻遊一眼，心裡開始盤算起來。

有一個美術學院院長媽媽，他必定是在藝術的耳濡目染下長大的。

特別是莫內這種聞名世界的大家，他對其作品肯定如數家珍。

即便這樣，他也沒有拆穿她的胡謅，還陪著來看這麼無聊，並且劇情他全都知道的紀錄片。

那應該……

秦時月想，喻遊對她肯定是有好感的吧。

思及此，秦時月偷笑片刻，完全沒了睡意，但卻漸漸地朝他靠去，裝出一副快要睡著的樣子。

誰知她的頭剛要碰到喻遊的肩膀，他卻突然朝旁邊躲開。

——動作自然，卻又看不出破綻，像是真的只是換一個姿勢坐著而已。

於是，秦時月差點一頭撞在座椅上。

她僵持著這個動作，瞪大了眼睛。

我靠？

這邊細微的動作並沒有引起鄭書意的注意。

喻遊側過頭，看著秦時月，語氣柔和：「怎麼了？睏了嗎？」

秦時月半晌才回神，「哦，對，有點睏了。」

喻遊：「那送妳回家？」

「嗯？要走了嗎？」鄭書意被秦時月拽起來的時候，滿頭霧水，「這才來多久啊？」

秦時月朝她乾笑：「我睏了，想回家睡覺。」

鄭書意：「啊？」

不等秦時月找到機會跟她解釋，三人走出會展中心時候，迎面撞上時宴。

鄭書意：？？？

秦時月：？？？

「你不是不來嗎？」鄭書意很詫異。

不是說不來嗎，怎麼突然出現了。

而秦時月看見時宴，突然有一股莫名的心虛感。

而且時宴毫不遮掩地打量了喻遊一眼，目光裡帶著一絲難以察覺的驕橫感。

「這位是？」喻遊迎著時宴的目光，問的卻是鄭書意。

時宴看著此情此景，眼神不知不覺有了細微的變化。

但還不等鄭書意開口，秦時月就搶答：「他是書意姐的男朋友。」

鄭書意：？？？

話已經放出去了，面對鄭書意和時宴同時投來的目光，秦時月硬著頭皮說下去，「來接書意姐的。」

她只是單純地感覺到，時宴對喻遊似乎沒有什麼善意，所以下意識地想撇清關係。

至於下場，以後再說吧。

因為秦時月的操作，最後跟著時宴上車的只有鄭書意。

時宴解開西裝最下面的釦子，同時鬆了鬆領結，涼颼颼地問：「玩得開心嗎？」

鄭書意：「還行，挺好玩的，我第一次看光影畫，挺新鮮的。」

話音落下，鄭書意突然感覺到車裡的氣氛有些微妙。

連帶著，後知後覺發現，似乎時宴一出現的那一刻，對喻遊就有些敵意。

她扭頭看著時宴，一點點地朝他挪過去，「你該不會是覺得他對我有意思吧？」

時宴側頭，直視鄭書意：「我覺得全世界的男人都對妳有意思。」

明明是咄咄逼人的一句話，鄭書意聽著，卻覺得有些誘惑。

她嘴角慢慢彎了起來，正想說話，前排的司機范磊突然一腳踩了剎車。

然後車裡，緩緩傳來范磊篤定的聲音，「我絕對沒有。」

第二十六章　只喜歡我

好好的氣氛被司機岔得煙消雲散，鄭書意好氣又好笑地瞪了司機一眼。

而時宴的臉色陡然嚴肅，剛才那副意動的樣子瞬間蕩然無存。

鄭書意嘆了口氣，心思百轉千迴，想說的話沒有氣氛了，最後只化作一句悶悶的，「你要這麼覺得我也沒辦法。」

但是一說完，鄭書自己愣了一下。

自己這語氣怎麼聽起來好像渣男，而時宴反而像個不講道理吃醋的怨婦。

一旦接受了這個設定，鄭書意滿腦子充斥著渣男怨婦的畫面，沉浸在想像中樂不可支，兀自笑了起來，完全沒發現自己現在的樣子有多奇怪。

有那麼一瞬間，時宴看著鄭書意這一下子愁一下子笑的樣子，覺得她的智商可能和年齡持平。

「妳笑什麼？」

「沒什麼。」鄭書意按了按自己的嘴角，卻沒辦法出戲，還沉浸在渣男怨婦的劇本裡，忍不住補充道：「反正我跟他只是普通朋友。」

時宴：「普通朋友情人節一起吃晚飯？」

鄭書意：「……」

原來他對喻遊的敵意是來自這裡啊。

她眨了眨眼睛，「你怎麼知道？」

時宴手肘屈靠著車窗，好暇以整地打量鄭書意，「若要人不知，除非己莫為。」

本來鄭書意君子坦蕩蕩，卻被他這理直氣壯地樣子說得有些心虛。

「說得好像我們是情人節約會一樣，只是那天去辦簽證遇見了，排了一下午隊，出來的時候順便一起吃個晚飯，我都不記得那天是情人節。」

時宴的神情突然凝重了起來，「什麼簽證？」

鄭書意看時宴有些緊張，故意撇著嘴角，做出一副可憐兮兮地樣子說道：「美國啊，我那幾天肝腸寸斷，打算離開這個令我傷心欲絕的地方，去美國重新開始生活。」

一番話聽下來，時宴臉上那點緊張之色早已消失，取而代之的是一絲難以察覺的煩悶，「去幹什麼？待多久？」

「移民！」鄭書意用食指戳他肩膀，「我說我要移民，你有沒有在聽我說話。」

時宴嗤笑一聲，意有所指地看她。

那眼神好像在說：妳捨得？

鄭書意：「……」

沒意思。

她低頭捏起一縷髮絲擺動，漫不經心地說：「出差，一個採訪任務，但是去都去了，順便再做一些材料收集，怎麼也要七、八……九、十天吧。」

時宴問：「什麼時候去？」

鄭書意想了想，掏出手機看之前幫忙辦簽證的機構給她的訊息，一字一句念道：「目前流程非常順利，如果不出意外的話，兩週後會出簽，就可以出發了。」

「一個人去嗎？」他問。

「對啊，不然咧，你以為我跟你一樣出個門那麼大陣仗啊。」

鄭書意還在看手機上的訊息，說完這句話，她一抬頭，見時宴目光柔和的看著她。片刻後，他才低聲道：「酒店和航班資訊傳給我。」

鄭書意唇角彎了彎，抿著唇，扭扭捏捏地笑了半晌，才小聲嘀咕道：「噓寒問暖，就是深情款款哦。」

時宴：「……」

他眼神一變，鄭書意立刻斂了笑意，不跟他開玩笑了，正經地說：「喻遊也是去美國的，到時候如果遇到了，或許也有個照應。」

不等時宴開口，她又雙手交叉在胸前比劃了一個「X」，叨叨叨地說：「你不要跟我陰陽怪氣啊你這個陰陽師，我跟喻遊只是普通朋友，比普通話還普通，你與其在這裡想像我跟他有什麼，還不如去擔心一下秦時月，她才是蠢蠢欲動的那一個。」

「我的想像力沒那麼豐富，」時宴側頭看窗外，不鹹不淡地說，「也沒那麼閒。」

說完，鄭書意突然湊近時宴身邊問道：「你就這麼不管你外甥女了？」

正好時宴的手機進了訊息，他一邊垂頭看著，一邊說道：「真以為我是來找她的？」

鄭書意嘴角隱祕地彎著，繼續說：「那你就讓她上其他男人的車啊？」

「怎麼了？」時宴收了手機，眼裡有那麼一絲小驕傲，「妳真的覺得我們家出了一個小傻子？」

他的外甥女，精著呢。

鄭書意卻實誠地點點頭：「你都不知道你家的小傻子今天幹了什麼傻事。」

「啊切！」毫無預兆地，秦時月在喻遊的車裡打了一個噴嚏。

「需要開暖氣嗎？」喻遊問道。

秦時月拿紙巾捂著嘴巴，搖了搖頭，看著喻遊，又點了點頭。

喻遊隨手撥動空調按鈕，很快，一股暖風吹了出來。

車程過半，而兩人幾乎零交流。

被暖風一吹，秦時月便有些坐不住了。

她調整一下坐姿，半側著上身，視線有一下沒一下地往喻遊身上飄。

「喻先生，聽說你公司在ＣＢＤ啊？」

「嗯，」喻遊打著方向盤，在路口掉頭，側頭看著窗外，「怎麼了？」

秦時月點點頭：「哦，我就說感覺你很眼熟，我也經常在ＣＢＤ的，我們可能見過。」

「那可能是見過。」喻遊語氣平淡，卻也不會讓話題終結在女生嘴裡，「妳在ＣＢＤ哪家公司工作？」

秦時月：「……」

她埋下頭，扣了扣指甲，「國金商場。」

喻遊：「哦？百貨行業？」

秦時月：「算是吧，憑一己之力拉動整個國金的ＧＤＰ。」

喻遊笑了笑，「銷售冠軍？」

秦時月：「消費冠軍。」

「……」

良久的沉默後，喻遊只是笑了笑，並沒有對秦時月的話發表什麼評價。

十分鐘後，車停到博翠雲灣大門外。

自從秦時月回國，家裡想著她也長大了，便在這裡置辦一間房子給她。

不過因為時宴也住這裡，所以她的房子大多數時候是空的。

然而秦時月坐在副駕駛座上，遲遲沒有動。

喻遊也沒有催她，手指一下又一下，有節奏地輕敲著方向盤。

秦時月用餘光打量著他。

分明什麼都懂，卻什麼都不做，看來是不指望他主動加好友了。

秦時月拿出手機，說道：「喻先生，我們加個好友呀？」

喻遊笑著點頭：「好。」

加上好友後，秦時月怎麼也該走了。

可是喻遊那蒙了一層霧的態度，讓秦時月一顆心不上不下的。

摸不清他的意思，看不懂他的態度，看起來溫和有禮，可又像拒人千里。

都說女追男隔層紗，秦時月又是一個沒什麼耐心的人。

她在國外浸淫了幾年，不喜歡玩貓抓耗子那一套，於是在下車的時候，手臂撐著車門，半彎著腰，探了腦袋進來。

那雙笑眼直勾勾地看著喻遊，「喻先生，你有女朋友嗎？」

喻遊抬眼看了過來，語氣平淡：「沒有。」

秦時月朝他挑挑眉：「那你看我怎麼樣？」

喻遊還是笑：「妳很好。」

秦時月心想，穩了一大半了，那麼接下來……

她看著喻遊，嘴角忍不住浮起笑意，露出兩顆小梨窩。

其實她對追男人也沒什麼經驗，在國外讀書的時候，身邊的同學大多都比較直接地表達自己的情感，甚至沒有「追」這個概念。

而且，她聽鄭書意說喻遊也在國外遊學很多年，一方水土養一方人，他應該更能接受國外那一套吧。

於是，秦時月不顧自己已經紅了臉，低聲說：「那……去你家？」

隔了好幾天，鄭書意在忙碌的工作節奏中，突然想起秦時月。

午休的時候，她一邊泡咖啡，一邊傳訊息給她。

鄭書意：『對了，那天都沒問妳，喻遊送妳回家，然後呢？』

鄭書意：『有沒有發生點什麼？』
秦時月：『別提了。』
鄭書意：『怎麼了？』
秦時月：『他家太窮了。』
鄭書意：『啊？』
鄭書意覺得喻遊本身的條件已經很優秀了，他父母一個高中校長，一個大學學院院長，這個家庭條件怎麼也跟「窮」沾不上邊吧。
當然，如果秦時月非要一個門當戶對的，那鄭書意沒什麼好說的。
可秦時月第一次見到喻遊時，就知道他的情況呀。
正在鄭書意百思不得其解的時候——
秦時月：『妳知道為什麼說他家窮嗎？』
秦時月：『呵呵，我覺得氣氛到了，就問他，要不要去他家。』
秦時月：『他說，門都沒有。』
秦時月：『（微笑）。』
鄭書意：「……」
鄭書意的拳頭不知不覺攥緊，她終於體會到當初畢若珊看她的感受。

她轉頭就跟時宴通風報信。

鄭書意：『你快去管管你外甥女，她都是怎麼追人的啊，太蠢了。』

許久，時宴傳來的文字讓鄭書意覺得很刺眼。

時宴：『那妳教教她？』

鄭書意：「……」

時宴：『我覺得妳挺會的。』

從字面上看，明明是誇獎的意思，可是從時宴嘴裡說出來，怎麼品都有一股陰陽怪氣的味道。

這咖啡喝著都不香了。

月底，簽證如約到了鄭書意手上。

第一次去美國，還是一個人，鄭書意心裡的緊張遠遠大於期待，出發前一個晚上幾乎沒怎麼睡著。

短暫的睡眠中她還夢見自己在美國走丟了，在陌生的街頭不知所措，哭唧唧地抱著手機，卻打不出一通電話。

這個夢導致鄭書意第二天登機的時候，人都是迷迷糊糊的，坐到自己的座位上便戴著眼罩睡了過去。

直到飛機快起飛，空服員開始進行安全檢查時，她才摘了眼罩。

鄭書意一邊揉著脖子，一邊調整安全帶。

不經意間，她發現自己座位旁邊坐的女人有點眼熟。

鄭書意對人臉的分辨能力向來比較強，她多看了幾眼後，便確定，這應該是時宴辦公室外那眾多祕書中的一個。

在她得出結論的時候，女祕書也朝她笑了笑，「鄭小姐，好久不見。」

「好久不見，」鄭書意笑著點點頭，「真巧，沒想到我們同一趟航班。」

女祕書抿著唇笑了笑。

鄭書意在飛機上睡得天昏地暗，吃飯是女祕書把她叫醒的，連填入境卡也是女祕書把她叫醒的。

入境卡上的英文鄭書意都認識，但畢竟是第一次去美國，又涉及到能不能順利入境，所以她填寫的時候十分謹慎。

反而是旁邊的女祕書，拿著筆刷刷刷就填好了，一看就是經常來往美國的人。

鄭書意：「那個，我可以看一下妳的入境單嗎？我看看有沒有什麼地方沒寫對。」

女祕書笑著說：「我幫妳填吧。」

鄭書意：「不用這麼麻煩，我自己來。」

女祕書便把自己的入境卡給了鄭書意。

一個個對照資訊的時候，鄭書意驚喜地說：「哎呀，我們在同一個酒店耶！妳也來出差是嗎？真巧啊。」

女祕書深吸一口氣，朝她點了點頭：「是啊，真巧啊。」

巧到她在辦公室舒舒服服地坐著時突然接到通知讓她去一趟美國，什麼都不用幹就陪著鄭書意別讓她走丟就行了。

因為有了同伴，鄭書意第一次來美國的體驗感很好，有她陪著，什麼狀況都沒遇到，一路順順利利地入境到了酒店。

而且女祕書大學是在這裡念的，對當地好吃的好玩的非常熟悉，鄭書意一有空就跟著她到處走走玩玩，說一句樂不思蜀也不為過。

看鄭書意社群上每天更新的照片，知道的知道她是出差，不知道的還以為她度假去了。

一眨眼就過了七天，眼看著要離開了，鄭書意還有些捨不得。

鄭書意：『嗚嗚嗚嗚嗚嗚。』

鄭書意：『你這位祕書是什麼神仙姐姐啊，給你當祕書太可惜了，應該去當導遊的。』

時宴看著手機冷笑。

月薪六、七萬的祕書專程去給她當導遊，她也是一點都不受之有愧。

時宴：『玩得挺開心？』

鄭書意：『說什麼呢，我是來工作的。』

時宴看向窗外，雲層厚重，冥冥不見晨光。

自從鄭書意走後，江城已經連綿下了幾天的小雨，日日氣候濕重，絲毫沒有入春的跡象。

時宴：『書意。』

鄭書意：『嗯？』

時宴：『不知江城遠。』

鄭書意將這兩句話連著念了出來，慢慢地笑了，搖頭晃腦地自言自語道：「時家小宴望穿眼。」

鄭書意原本是今天下午落地江城國際機場，她都算好了，放了行李就跟時宴去吃個晚飯以解他相思之苦。

誰知因為美國天氣原因，延誤了幾個小時，預計落地時間要推遲到晚上。

鄭書意不知道的是，今天晚上時宴有一個非常重要的應酬，原本也不能陪她吃晚飯。

地點倒是巧，就在距離鄭書意家五、六百公尺的地方，從鄭書意家的窗戶望下去，還能看見餐廳的標誌。

傍晚，時宴離開辦公室前，吩咐范磊去機場接鄭書意，自己則前往已經安排好的餐廳。

電梯降到地下停車場，一開門，看見秦樂之站在電梯間。

她半垂著腦袋，看起來有些失神。

感覺到響動，秦樂之緩緩抬頭，在看清來人是時宴時，倏地睜大了眼睛，也下意識退了一步。

但時宴的目光不曾在她身上停留，直接朝車位走去。

秦樂之意識回籠後，仍然站在原地，指尖掐著掌心，心情難以平靜。

她今天是來進行最後的工作交接的。

其實即便邱福不說什麼，她也知道不可能再在銘豫雲創待下去了。

她無心在工作上做無謂的掙扎。

被架空在家的這段時間，她想了很多，也做了很多，無非是想為她和岳星洲的感情做最後的努力。

可是昨晚，當她發現岳星洲手機裡藏著幾十張鄭書意的照片時，她終於明白，她跟岳星洲之間哪有什麼感情可言。

岳星洲最愛的是錢。

第二愛的是鄭書意。

當謊言破滅，岳星洲發現秦樂之根本給不了他想要的東西時，鄭書意在他心裡的位置又回到了第一。

昨晚的爭吵、眼淚，和岳星洲的絕情，一幕幕在秦樂之腦海裡重播，根本揮之不去。

她還記得，昨晚岳星洲甩開她的手時，她淚眼婆娑地追出去問他是不是想回去找鄭書意。

岳星洲沒有說話，可他的表情已經表明了一切。

秦樂之覺得真是可憐又可笑。

可憐的是她自己，親手用謊言為自己鋪了一個全是欺騙的美夢。

可笑的是岳星洲，他憑什麼覺得，有了時宴的鄭書意，還會回到他身邊？

可是岳星洲不這麼認為，他啞著嗓子，信誓旦旦地說鄭書意心裡還有他，會原諒他，就算跟時宴在一起也是為了氣他。

有那麼一瞬間，秦樂之相信了岳星洲說的話。

她自己都被愛情逼得面目全非，鄭書意難道不會嗎？

如果真的像岳星洲所說的……

因愛生恨這個詞在秦樂之身上演繹得淋漓盡致。

她被岳星洲傷害得肝腸寸斷，是她自作自受。

可她不能接受岳星洲在傷害她之後，還能回到原來的幸福軌跡裡。

情緒湧了上來，秦樂之什麼都沒想，直接掉頭追到時宴的車旁。

她站著，深呼吸幾口，然後敲了敲車窗，「時總，我有些話想跟您說。」

車窗開著，車裡的男人沒抬頭，但也沒走。

秦樂之在時宴看不見的地方攥緊了袖子，面上卻平靜淡定。

「我的男……不，應該是前男友了。」她腮幫酸澀，一字一句道，「他還惦記著鄭書意，您知道嗎？」

「我知道又怎樣？」時宴闔上手裡的資料夾，抬眼看向她，「不知道又怎樣？」

秦樂之原本準備了一番說辭，卻被時宴的兩句話堵在喉嚨裡，一個字也說不出來。

透過半開的車窗，秦樂之只能看見時宴半張臉，鏡片後的眼睛冷冷地瞥了過來。

「妳可能不太瞭解我。我這個人性格不太好，很自我，妳要是再趕著找我的不痛快，我就替鄭書意把新仇舊帳跟妳一起清算了，能聽懂嗎？」

此時此刻的江城國際機場繁忙不堪，行人來往匆匆。

鄭書意拖著行李箱在停車場找到時宴的車，卻只見司機范磊一個人。

「只有你一個人嗎？」鄭書意問。

「嗯。」范磊下車幫她搬行李，「我來吧。」

她對秦樂之的「真」舅舅其實沒什麼敵意，也沒什麼多餘的交情，說了聲謝謝後就上了車掏出手機傳訊息給時宴。

鄭書意：『你人呢？』

時宴：『有事。』

她失落地傳了個「哦」過去。

還以為時宴真的多想她呢，原來只是打打嘴炮。

收了手機，鄭書意一路睡到了家，下車時，天已經全黑。

因為箱子比較重，范磊一路幫她拎上了樓。

出來後，范磊沒有立刻走，而是站在路邊點了一根菸，無所事事地東張西望。

這一看，就看見了失魂落魄的岳星洲，他似乎是喝多了，腳步有些虛浮。

范磊菸都忘了抽，眼睜睜地看著岳星洲走進了社區。

菸燃到盡頭，他的手指被燙了一下，痛得他心裡煩躁加倍。

不管秦樂之做了什麼，終歸是他的外甥女。

他可以罵她，教訓她，但見不得別的男人這樣傷害她。

一想到秦樂之在他前面哭的樣子，他對岳星洲的憤恨就氣不打一處來。

於是，他沒多想，從背後衝上去，一把拽住岳星洲，拳頭劈哩啪啦地往他臉上招呼。

岳星洲被他揍得有些傻眼，還沒反應過來發生了什麼，范磊就揚長而去。

他怕這傢伙報警，到時候得不償失要去警局裡蹲半天。

可是回到車上，范磊還是覺得不解氣，思來想去，怎麼也不能讓岳星洲好過。

於是他傳簡訊給時宴的時候，多加了一句話。

餐廳包廂裡，一桌人聊得熱火朝天，酒水也去了一大半。

觥籌交錯間，眾人傳杯弄盞，話裡的橄欖枝一個接一個地拋向時宴。

今晚的主角是他，因此他也是喝得最多的。

即便這樣，時宴也一邊應付著，一邊抽空看了手機一眼。

范磊：『已經把鄭小姐送到家了。』

范磊：『不過我看見她前男友好像在她家門口鬼鬼祟祟的。』

突然。

時宴的酒杯突然冷不防擱到了桌上，灑出幾滴酒水。

小小的動作吸引了眾人注意力。

眾目注視下，時宴起身，笑道：「失陪三十分鐘。」

還不等大家回過神，時宴便離開了座位。

鄭書意收拾好行李後，肚子餓得直叫。

她在家裡翻了半天，冰箱裡空得像被掃蕩過，櫃子裡也只有一袋洋芋片可解燃眉之急。吃了幾口，鄭書意反而覺得更餓了，癱在沙發上一動也不動地看著天花板。

十多分鐘後，門鈴終於響了。

鄭書意連拖鞋都沒穿就跑去開門。

然而站在門口的卻是岳星洲。

看到他的那一瞬間，鄭書意下意識就要關門，而岳星洲也料到了她的反應，一把抓住門框。

即將扣上門的那一瞬間，鄭書意鬆了手，她可不想把岳星洲的手夾斷了，還要賠錢。

「你有病吧？」鄭書意看見他還扒著門口，忍不住伸腿踹他，可他不閃也不躲。

「你想幹嘛？我告訴你岳星洲，你這叫私闖民宅，我可以報警的！」

「書意……」

岳星洲一身酒氣，嘴角還破了，有幾絲血跡，此時的形容，說他「狼狽不堪」也算輕的。

他聲音嘶啞，像宿醉了一夜的醉漢，「我對不起妳，我知道我對不起妳。」

鄭書意又用力扯了幾下門，實在掙不開，索性放棄。

跟一個身高一百八十公分的男人比拚蠻力，是自不量力。

她深吸一口氣，試圖讓自己平靜下來：「要懺悔去教會行嗎？我這裡不是收容所。」

岳星洲不相信她會這麼絕情，盯著她看了半晌，眼眶發紅，抓著門框的手指節泛白，「書意，妳真的……對我沒有一點感情了嗎？」

鄭書意張了張嘴，正要說話，突然聽到一陣腳步聲。

急促、沉重。

鄭書意有預感——

預感還沒理清，時宴的身影已經出現在眼前。

他闊步走來，帶著廊間的風，腳步還沒停穩，便揮開岳星洲扒在門上的手，越過他跨進鄭書意的家。

「砰」一聲，門被關上。

岳星洲甚至沒來得及看清來人是誰。

鄭書意也沒反應過來發生了什麼事，便被時宴拽著手轉了個身，直接抵在門上。

他連多走幾步都不願意，帶著濃厚酒氣的吻不由分說地落了下來。

一如他進門那一刻的強勢，他的吻甚至霸道到不給鄭書意回應的餘地，只管蠻橫地掠奪。

鄭書意回過神來時，還念著岳星洲在門外。

僅僅一牆之隔，這門平時還不太隔音，羞恥感從立即四面八方襲來，她感覺岳星洲能清清楚楚地聽到他們接吻的聲音。

於是，她嗚咽著推了時宴一下。

時宴皺了皺眉，反將她不安分的雙手反剪在頭頂，死死按在門上。

帶著酒精味的氣息一股股灌入，極具侵略性地攪弄。

鄭書意被他吻得昏了，軟了，快要失去意識了。

什麼岳星洲不岳星洲的，聽見就聽見吧，看見就看見吧。

因為呼吸不暢導致的窒息感讓鄭書意的眼角有了濕意。

在時宴灼熱的呼吸中，她閉著眼，開始回應他。

卻在這一刻，時宴突然停了下來。

他的吻流連到鄭書意的唇角，用最溫柔的聲音，說出了帶著逼迫意味的語氣，「喜不喜歡我？」

鄭書意終於大口喘了氣，連連點頭，「喜歡。」

她感覺要是不回答，今天可能要休克而亡。

時宴緩緩鬆手，轉而拂過她的下頷，「有多喜歡？」

鄭書意不知道為什麼，聲音竟然啞了，只能用氣音說道：「最喜歡你。」

而時宴對這個答案並不滿意。

復而含住她的唇，又是一陣直讓人不能喘息的吻。

伴隨著粗重的呼吸，鄭書意的下巴被時宴抬起來，逼她看著自己。

「說，妳只喜歡我。」

第二十七章　醉

月亮羞答答地藏進雲層，今夜的風也格外溫柔，靜悄悄地穿過玄關，試圖吹拂起女人的長髮，卻被男人的肩背隔斷。

時宴的桎梏下，兩人的氣息交纏，濃烈得像炎炎夏日。

她掐著鄭書意的腰，在醉意上頭的時候，還能極有耐心地等著她的回答。

而鄭書意的視線是模糊的，眼前的人是朦朧的。

她張了張嘴，在時宴的目光下嗚咽著說：「只喜歡你，我只喜歡你。」

換來一陣輕吻。

與剛才的蠻橫截然不同，時宴輾轉流連於她的唇間，連指尖也情動，穿過她的長髮，一下又一下地輕撫。

夜風終於從他指縫中吹拂著鄭書意。

風很涼，他的吻卻很炙熱，所過之處，像觸電一般，酥酥麻麻，讓鄭書意喉嚨間情不自禁溢出輕吟。

聲音讓鄭書意覺得羞赧，卻難以自抑，連雙手也自然地撫摸著他的側脖。

許久之後，時宴雙唇離開，抬起頭，鄭書意才發現他的眼神很迷離，醉意連那冷冰冰的鏡框都遮蓋不住。

是真的喝了很多。

他闔了闔眼，鼻腔裡「嗯」了一聲。

嗯？就這？

鄭書意怎麼感覺從他這聲「嗯」裡聽出了一種「朕已閱，知道了」的感覺。

而時宴垂眸盯著她，那雙眼睛因為醉意濃厚，沒了平時的凜冽感，睫毛輕搧，卻又不是溫柔纏綿的凝視。

像一隻灼燙的手，一寸寸地撫摸著她的肌膚，每過一處，都像衣不蔽體的直視。

鄭書意被他這眼神看得羞赧無處遁形，好像赤身裸體站在他面前一般。

她鬆開摟著他的雙手，貼著冰冷的門，慢慢往下滑，降了手心的灼熱感，才埋著頭低聲說：「你看什麼……」

「我在看妳，」時宴抬起她的下巴，細細地打量，「看妳被親得情迷意亂，眼裡只有我的樣子。」

只有這副堪稱狼狽的樣子，才讓時宴覺得鄭書意是真真切切地愛著他。

聲音很輕，卻讓鄭書意瞬間又亂了呼吸。

他另一隻手擦過鄭書意的眼角，「還有淚。」

被親得流淚不是什麼值得驕傲的事情。

鄭書意扭開臉，氣息還是不那麼順暢，不同於剛才的窒息感，此刻她覺得胸腔被滾燙的氣息漲滿，只留一絲絲紊亂的呼吸慢慢擠出，以維持清醒。

而時宴的手機一直在震動。

距離時宴離席已經過去了二十分鐘，陳盛在不停地提醒他。

時宴的手順勢滑到鄭書意的下頷，捧著她的臉頰，低聲道：「等我回來。」

鄭書意眨了眨眼睛，「啊？你要走？」

時宴：「不想我走？」

天雷地火之後，鄭書意的意識回籠，終於明白過來，時宴的突然出現或許不是偶然，他應該是有事，中途趕了過來。

一身的酒氣，應該是在應酬吧。

「沒有。」鄭書意推了推他的前胸，「你走吧，我要睡覺了。」

「別睡，等我。」他抬眼看著鄭書意身後的門，語氣沉了下來，「也別給陌生人開門，聽到了嗎？」

陌生人。

鄭書意咬著牙才保證自己不笑出聲，「知道了，你快走吧。」

門外的走廊上，岳星洲居然還沒走。

這十幾分鐘，他靜靜地站在門口，終於後知後覺，想起了那個突然出現的男人是誰。

他看不見裡面的火熱，可是作為一個男人，他很明白另一個男人在夜裡，帶著酒氣，衝進一個女人的家裡，緊緊關上門，意味著什麼。

他只能強迫自己不去想像。

可是門上偶爾傳來的細微響動聲卻像炸彈的按鈕，輕輕一動，便轟然打破他的自欺自人，門後的畫面像是活生生地呈現在他眼前一般。

想像向來比親眼所見更磨人。

岳星洲似乎感覺到帶著情欲的聲音鋪天蓋地而來，縈繞在他耳邊，揮散不去。

他已經分不清這是幻聽還是真實的，腦子裡嗡嗡作響，腳下快要站不住。

就在這時，門開了。

安靜，平靜，裡面似乎什麼都沒發生。

岳星洲瘋狂催眠自己。

什麼都沒發生。

他鬆了口氣，見時宴走出來的同時，不留任何時間差地關上了門，岳星洲的視線還沒來得及越過他看向門內。

緊接著，時宴一步步朝他走來。

同時抬起手，拇指緩緩擦過下唇，抹掉了殘留的口紅印。

「……」

因為那一抹紅，那些想像中的畫面比剛才更真實地呈現在岳星洲眼前。

岳星洲逼迫自己移開視線，卻又看見他淩亂的前襟。

「別再出現在她面前。」時宴的聲音並不大，卻像一記重錘，落在岳星洲頭頂，「可以嗎？」

這哪裡是商量的語氣。

但岳星洲現在已經什麼都沒有了，他不會再失去更多了。

唯一能抓住的，只有鄭書意，憑藉曾經的情誼。

酒精作祟，岳星洲覺得自己也沒什麼可在乎的，畢竟現在他是光腳的那個人。

「我跟她……」

「早就結束了。」時宴打斷他的同時，兩步逼近。

「如果你還有什麼想法……」時宴現在心情很好，願意跟岳星洲擺事實講道理，爭取以理服人，「最好及時打消。」

在那抹殘留口紅的明示下，岳星洲根本沒有說話的餘地。

時宴笑了笑，直把岳星洲逼到無路可退，「再讓我看見你糾纏她，我真的不保證我會做出什麼。」

岳星洲手臂發抖，酒醒了，清清楚楚地感覺到時宴的那毫不遮掩的威脅。

「自己滾，別讓我幫你。」

門內，穿堂風呼嘯而過，吹散了時宴留下的酒氣。

可他的氣息好像還充盈在玄關這一處狹小的空間裡。

鄭書意背靠著牆，還沉浸在剛才的氣氛裡。

她不想笑的，可是嘴角的肌肉根本不聽她的中樞神經指揮。

貼著牆好一陣子，門鈴突然響了。

鄭書意轉身打開了門，「這麼快就來啦？」

外賣小哥：？

鄭書意嘴角笑意僵住，和外賣小哥大眼瞪小眼。

外賣小哥覺得自己雖然因為路上出了個小小的意外來遲了十幾分鐘，怎麼客人就一副餓傻了的樣子。

「首先祝您節、節日快樂，然後我這邊不好意思，路上除了意外來晚了，您可不可以別投訴我，我這邊給您發紅包……我……」

「沒事。」鄭書意從他手裡接過外賣，笑瞇瞇地說，「你也節日快樂。」

外賣小哥：「……」

我一個男的，婦女節有什麼好快樂的，怕不是真餓傻了。

鄭書意回到飯廳，肚子又叫了兩聲。

可她覺得沒那麼餓了，慢條斯理地打開盒子，看見店家忘了她的備註放了蔥花也不在意，極有耐心地一顆顆挑出來。

桌上的手機突然震動起來，鄭書意看了一眼，直接開了擴音。

『我明晚的飛機到江城。』畢若珊語氣急促，『妳準備接駕。』

鄭書意挑了兩筷子蔥花，翹著嘴角，擺上了姿態，「妳別來，我可沒空陪妳。」

畢若珊：『妳幹什麼啊大忙人？別跟我裝模作樣。』

鄭書意低聲嘀咕：「忙著談戀愛呢。」

然而畢若珊只把鄭書意的話當做耳邊風，一張嘴就跟機關槍似的：『真是倒了楣了，那個司徒怡也太難搞了吧，非要我們公司派人來面談，不知道的還以為多大牌的明星呢。』

司徒怡就是前段時間畢若珊叫鄭書意幫忙聯絡的那個網紅校友。

鄭書意雖然找到了她的聯絡方式，但沒有接觸過，直接把聊天帳號給了畢若珊。

『雖然現在沒聯絡了，但好歹也算是同系同學吧，都住同一層樓的，真是一點面子也不給……等等，妳剛剛說什麼？』

鄭書意：「我說我忙著談戀愛呢，妳別來打擾我。」

『誰打擾妳啊我又不住妳家妳看看妳這副嘴臉！』畢若珊一秒炸毛，『我以前怎麼沒發現妳這麼見色忘友呢！』

鄭書意回想起剛剛，感覺臉頰一陣陣地燒，卻還要裝出一副臉不紅心不跳的語氣：「可能是以前的色不夠色吧。」

畢若珊快要窒息了，『妳夠了，我不想聽！』

話是這麼說，可畢若珊還是好奇，『誰啊？時宴啊？』

鄭書意：「不然呢？」

畢若珊在電話那頭長長地嘆了一口氣，『這死耗子真他媽被妳這瞎貓給撞著了。』

鄭書意咳了一下，「說誰死耗子呢？說誰瞎貓呢？」

『沒說誰，我就隨口一說。』震驚過後，畢若珊還是八卦欲望大於吐槽欲望，『妳不是今晚剛從美國回來嗎？什麼時候確定關係的啊？』

確定關係？

鄭書意回想了一下。

她光是被親得神魂顛倒了，直到時宴離開，好像什麼都沒說？

聽到鄭書意沉默，畢若珊發出咯咯咯的笑聲，『不是吧，姐，都沒確定關係呢妳單方面談戀愛？』

她突然頓住。

「妳懂什麼，」鄭書意堵著氣說，「大家都是不是學生了，誰玩那一套，今晚都——」

『都什麼了？』畢若珊窮追不捨，『妳說啊？』

唉，這、這種事情怎麼好跟一隻單身狗細說呢。

鄭書意的沉默給了畢若珊發揮無窮想像的空間，『我靠！鄭書意，妳了不得啊，直接全壘打啊？我以前怎麼沒發現妳玩這麼野？早知道這麼容易拿下他妳之前還費什麼力氣呢？』

「妳在胡說八道些什麼？」鄭書意急忙打斷她，「我們只是接、接吻，妳懂嗎？接吻啊！」

有了剛剛那一層想像，畢若珊瞬間覺得接個吻只是清粥小菜了。

她索然無味地撇了撇嘴，『行吧，那妳這時還有空跟我打電話呢？他人呢？』

鄭書意：「走了。」

畢若珊很是驚訝：『啊？就走了？』

「人家也有事要忙的。」鄭書意帶了點小得意，「中途抽時間來找我。」

畢若珊：『嘖。』

鄭書意立刻補充：「等等要回來的。」

畢若珊笑道：『來妳家呀？』

鄭書意：「對啊。」

畢若珊：『嘖。』

鄭書意：「……」

「妳有完沒完？嘖什麼嘖？」

『沒什麼，提醒妳一下，家裡有沒有準備啊？』畢若珊語氣狹促，意有所指，『別到了年底衝業績的時候卻休產假啊。』

「妳說什麼呢。」

『沒跟妳開玩笑啊，不然人家大晚上的來妳家裡幹什麼。』

「行了，妳把航班資訊給我，我明晚來接妳。」

鄭書意為了掩飾自己的心猿意馬，急匆匆地掛了電話。

但是吃飯的時候，滿腦子都是時宴離開時的語氣和神態。

他的氣息纏繞在她的耳邊，帶著酒氣，有點灼熱，一遍遍地說：「別睡，等我。」

鄭書意渾然不知自己的雙頰再次爬上緋紅。

不想再回想，可又忍不住，像回味一般，貪念著當時的每一分每一秒。

這份外賣花了半個多小時才吃完。

鄭書意簡單地收拾了桌子，坐到書桌前準備看一下資料。

可是她根本靜不下心來，腦子裡一下子是時宴那句「別睡，等我」，一下子又是畢若珊的「別到了年底衝業績的時候卻休產假啊」。

兩人的聲音像魔音一般在她耳邊交替迴旋，十分具有洗腦效果。

鄭書意不知不覺穿上外套，走到玄關。

打開門，一股風吹來，她有些清醒，卻也依然被一股不知是理智還是衝動的情緒驅使著打開了門。

那萬一呢！萬一時宴獸性大發不做人呢！

鄭書意撓了撓頭，走出了鬼鬼祟祟的步伐。

然而剛踏出去一步，她一抬頭，就看見時宴出了電梯，朝她走來。

鄭書意：「……」

她心虛地收回了腳。

然而還是沒逃過時宴的眼睛。

他反而停下了腳步，慢悠悠地打量著穿著整齊的鄭書意，問道：「妳想去哪裡？」

鄭書意怔怔看著他，乾巴巴地說：「想去你心裡。」

「……」

不知道是不是錯覺，鄭書意覺得她在時宴臉上看見了無語的表情。

他朝她家裡走去，順勢牽著她的手拉她進去。

鄭書意看他這幅回自己家一樣的架勢，突然來了氣性，拽著他的手腕不肯動。

時宴回頭，垂眸看過來時，頂頭的燈光影影綽綽地映出他眼裡的醉意，比之前還濃。

鄭書意能感覺到他掌心的滾燙，卻不知道他因為失陪那三十分鐘，被多灌了多少酒。

「怎麼了？」時宴問。

鄭書意看著他，嘴角有笑，眼裡有明顯的暗示，「你是我的誰呀就要進我家。」

時宴：「我是妳房東。」

鄭書意：？？？

這、這片社區也是他的產業嗎？

時宴見她一臉呆滯的模樣，覺得自己更不勝酒力了。

他低下頭，靠近鄭書意脖頸間，深深地吸了一口氣。

「妳不是要去我心裡嗎？」

鄭書意站著沒動，雙手垂在褲邊，靜靜地讓時宴靠著，任由酒氣在周身蔓延。

這一刻，鄭書意感覺自己也喝多了，不然怎麼會傻乎乎地像雕像一樣在這裡站著。

許久之後，時宴沒有要動的意思，似乎留戀著她身上的氣息。

鄭書意被他的氣息吹拂得酥癢、緊張。

明明什麼都沒做，空氣卻也變得纏綿。

鄭書意緩緩抬起手，半晌，才落到時宴的背上，「你到底喝了多少？」

時宴以為鄭書意在催他，抬起頭，揉了揉脖子，「沒多少。」

說完，他直接朝裡走去。

鄭書意這個主人還愣了半秒才跟著他進去，慌慌張張地關上門，回頭一看，時宴已經解開外套釦子，像在回自己家一樣半躺到她沙發上，隨手將帶著菸酒味的外套嫌棄地丟到了另一邊。

鄭書意：「……」

倒是一點也不見外。

鄭書意站在自己家的客廳，卻被時宴這一頓操作弄得有些不知所措。

她四處張望了一番，才慢慢走到沙發旁，蹲下來，雙手靠在時宴臉邊，「醉啦？」

時宴徐徐睜開眼，側頭看著她，「有點。」

鄭書意不知哪裡來的衝動，試探性地伸手，碰一下他的眼鏡。

她聽人說，長期戴眼鏡的人不喜歡別人碰他的眼鏡，若是被貿然摘下，會有強烈的不安全感。

可鄭書意感覺自己也被時宴的醉酒傳染了，酒壯慫人膽，她慢慢地摘下了他的眼鏡。

她就是想趁他喝醉了，看看他不戴眼鏡的時候是什麼樣子。

而時宴就這麼看著鄭書意，被酒意暈染過的眼睛看起來比平時更深邃了。

朦朦朧朧，卻又有明亮的聚光，直勾勾地看著她。

鄭書意突然被看得一陣臉紅心跳，不知所措地把眼鏡戴了回去。

然後自己為自己的行為解釋。

「我就是想看看，你摘了眼鏡還看不看得清，」她問，「你多少度啊？」

時宴：「四百五。」

鄭書意根本沒仔細聽他說話，反正報了數字，她就點點頭：「哦，這麼高啊，平時不戴眼鏡就看不清楚了是嗎？」

時宴緩慢地闔了眼，又睜開，「看得清妳就夠了。」

鄭書意：「……」

這男人喝多了怎麼回事！怎麼變成另一個人了！

可她還蠻喜歡現在這個陌生的時宴。

鄭書意抿著笑，又靠近了一點，鼻息和他不再有距離，然後伸手戳了戳他的下巴。

「你明天酒醒了，還會記得今天發生的事情嗎？」

時宴雙眼半睜著，帶了些許笑意。

沒了平時的疏離，他就只是笑著，眼尾一揚——

鄭書意覺得此刻的他看起來像個妖精。

妖精還沉著嗓音在她耳邊問：「今天發生了什麼？」

鄭書意紅著臉不說話。

時宴勾了勾她的下巴，「說啊。」

「……」

鄭書意在那片刻的羞赧後想通了，事情是他做的，又不是她，有什麼說不出口。

於是鄭書意撐著手臂，俯到時宴上方，以姿勢造就自己的氣勢，「你今天強吻我了你知道嗎？」

時宴沒有出現鄭書意想象中的表情。

他嘴角噙著笑，食指緩緩擦過鄭書意的下唇，「強吻？妳不是很享受嗎？」

鄭書意：「……」

她的臉在時宴灼灼目光下，又肉眼可見地紅了。

天啦，別人喝醉了最多是出格，時宴喝醉了是第二人格。

「時宴？」鄭書意食指在他眼前晃了晃，「你是時宴嗎？」

時宴閉上眼，鼻腔裡「嗯」了一聲。

見他連這麼無聊的問題就回答了，鄭書意賊心大起，凝視著他，帶著點勾引的語氣說：「叫我寶貝。」

說完，時宴沒有反應。

鄭書意賊心化作賊膽，捏了捏他的臉，重複道：「叫我寶貝。」

時宴的雙眼在鄭書意的凝視下緩緩撩開，迷離又勾人。

他薄唇輕啟，用氣音對著鄭書意輕喚，「寶貝。」

帶著一絲絲的酒氣，輕飄飄，卻又直勾勾地鑽進鄭書意耳朵裡。

賊心有了，賊膽有了。

賊沒了。

鄭書意的呼吸被他一聲「寶貝」喚得找不到節奏，手揪緊了沙發，意志在他眼眸裡一點一點沉淪。

「你明天真的會記得你說過的話嗎？」鄭書意有些悵惘地說，「會不會醒來又變成那死樣子？」

時宴笑了笑，「死樣子妳不是也喜歡嗎？」

鄭書意：「……」

如果可以，她恨不得把酒精當做點滴天天給時宴掛著。

「我不管，」鄭書意垂下眉眼，「你明天不認帳我就寫文章曝光你始亂終棄。」

時宴還是笑著，可是眼裡的侵略性又冒出來了，「那就留點證據。」

話音落下的同時，鄭書意的腰忽然被他勾住，往下一拽，整個人趴到他身上。

她原本斜靠在沙發旁，這麼一趴，頭便埋在了時宴肩膀旁。

「你……」

剛說了一個字，鄭書意感覺到自己脖子側邊襲來一陣濡濕的觸感。

她瞬間繃直了身體，一動也不動地保持著此刻的姿勢。

隨即，溫潤的輕吻後，那一小塊肌膚傳來斷斷續續的痛感。

他在輕咬、吸吮。

鄭書意：「……」

她攥緊了手，不知該怎麼辦。

明明很是個很怕痛的人，卻沒有推開他，一邊痛著，一邊又有一種異樣的舒適感。

一室旖旎，空氣都流動得異常緩慢，在兩人的氣息聲中沉沉浮浮。

窗外夜幕裡綴著零星的燈光，忽亮忽閃。

鄭書意的眉頭隨著脖子間的感覺，忽而舒展，忽而緊蹙。

她對時間的流逝失去了度量，不知過了多久，時宴的唇離開她的脖子，手指拂過他留下的痕跡。

「這是證據，留著。」

時宴的聲音低啞地縈繞在鄭書意耳邊，她感覺自己像是被烈火灼燒，被海水淹沒，下一秒就快不能呼吸。

於是她立刻掙扎著要起來，時宴卻伸手按了按她的頭，讓她靠在自己胸上。

「別動，抱一下。」

他的話像一句咒語，鄭書意立刻不動了。

她安靜地伏在時宴身上，四周靜謐地只能聽見彼此的呼吸聲。

脖子上的灼燙感依然沒有消失。

隨著時宴胸膛的起伏，鄭書意的呼吸也忽慢忽快。

明明喝高的人是時宴，她卻覺得自己才是澈底沉醉的那一個。

可是近距離的安靜相處，鄭書意感覺時宴似乎有些難受。

她睜開眼，確定一下他的表情，「不舒服？」

時宴沒說話。

鄭書意慢慢站了起來，這次時宴沒攔著她。

是真心在為他著想，也是想給自己一個平復心情的空間。

「我去幫你弄點醒酒的。」

鄭書意平時不愛喝酒，就算喝也會控制著，所以家裡沒備著葡萄糖之類的。

蜂蜜倒是有不少。

她走到廚房，用開水泡了一杯蜂蜜。

杯子裡冒著嫋嫋白煙，攪動的時候，鄭書意頻頻走神，時不時摸一下自己滾燙的臉頰。

如果此刻有一面鏡子，她想，自己應該是一副春心蕩漾的模樣。

那更不能讓時宴看見了。

於是一杯蜂蜜水，鄭書意攪拌了十分鐘。

端著出來時，她餘光瞄見玄關處的全身鏡，心念突然一動。

客廳裡，時宴還閉眼躺在沙發上。

鄭書意端著蜂蜜水，慢吞吞地挪到玄關處。

她抬起頭，借著客廳的餘光，看見了自己脖子上的痕跡。
回憶裡的一幕又湧來，連帶著觸覺、聽覺，全都生動地再現。
鄭書意空著的一隻手不知道該往哪放。
半晌，緩緩抬起來，摸了摸脖子。
在她沉浸於鏡子裡的自己無法自拔時，突然見身後出現一個人影。
時宴不知什麼時候出來了，手裡拿著外套。
他就站在鄭書意身後，透過鏡子，兩人以一種奇怪的方式對上了目光。
「妳在這裡站了十分鐘了，在幹什麼？」
鄭書意面無表情地說：「在欣賞自己的美貌。」
「……」
說完，鄭書意也不覺得害臊。
反正，跟一個喝醉的人，不用講什麼道理。
但時宴聽了這句話，沒有回應，也沒有動，半靠著牆，眼波蕩漾地盯著鏡子裡的鄭書意。
兩人以這種奇奇怪怪的一前一後的位置站了許久。
鄭書意有些摸不著頭腦：「你又站在這裡幹什麼？」
時宴看著鏡子裡的她，輕飄飄地說：「我在欣賞妳的美貌。」

鄭書意：「……」

同一句話，自己說出來臉不紅心不跳。

從時宴嘴裡說出來，帶著一點輕佻的語氣，被獨處的氛圍一渲染，這話立刻就變了味道。

鄭書意把蜂蜜水塞給他，「喝點，快醒醒酒。」

可時宴端起杯子，微微仰頭，一口口喝下，眼睛卻垂著，直勾勾地看著鄭書意，嘴角似乎還有隱隱笑意。

他的喉結一下下滾動，視線卻一動也不動，像鎖在鄭書意身上一般，爍爍光亮裡映著她的影子。

眼神不那麼純粹，意味不明，像在似是而非地傳達著什麼意思。

鄭書意被他看得臉快燒起來。

別的男人喝多了是發騷，時宴喝多了簡直是發情！

鄭書意退開一步，說道：「你看夠了沒？」

「看夠了。」時宴隨手把杯子放在一旁的櫃子上。

鄭書意見他拿著外套，便問：「你要走了？」

「不想我走？」即便他眼神還是迷離的，但被蜂蜜水潤過的嗓子說起話來，正常了許多，「妳要留我過夜嗎？」

「沒有，」鄭書意轉過身背對他，聲音細小，「我在考慮要不要送你出去，畢竟喝成這樣，萬一走丟了，我就沒男朋友了。」

說完，鄭書意靜默著，卻豎著耳朵注意著身後人的反應。

他要是說，妳表現還不好，妳沒有男朋友。

那鄭書意可能明天會登上《今日說法》之「財經女記者為何手刃總裁，因財還是因情？」

在她滿腦子法律節目畫面的時候，時宴的手從她耳後繞過，捧著她的下頷，輕輕捏了捏，「不會讓妳沒有男朋友的。」

鄭書意愣了兩秒，然後在他看不見的地方笑彎了眼睛。

然而等他推開門，鄭書意卻突然拉住他，「等一下，把你手機給我。」

時宴依言拿出手機，解了鎖，再遞給她。

鄭書意捧著手機又轉過身，把她在時宴聊天軟體裡的備註改了。

這還不夠，她又翻到自己的電話號碼，做了同樣的事情，然後關上手機，還給時宴。

「好了，你走吧。」

第二天清晨。

一樓飯廳桌上已經擺放好了早餐。

時家人的口味都偏清淡，加上昨晚時宴腸胃不舒服，阿姨特地為他準備了清粥小菜。

等到眾人上桌，秦時月還低著頭，頭髮披散著，睜不開眼睛，下一秒就要睡著。

突然，桌上的手機震動了起來。

秦時月的肢體比大腦先清醒，伸手撈過手機，正要滑開接聽鍵時，眼睛倏地睜大。

「親親小寶貝？」

她的靈魂終於回到身體裡，意識到這不是自己的手機。

可——

正因為手機不是她的，才是最驚悚的。

因為桌上除了她，只有時宴、秦孝明、時文光三個人。

秦時月猛然抬起頭，正要詢問是誰的手機，就撞上了時宴陰惻惻的目光。

秦時月：「……」

哐當一聲，手機落回桌上。

然而，在時宴面不改色地把手機拿走時，秦時月幾乎是反射性地問道：「誰是你的親親小寶貝？」

話音落下，連秦孝明和時文光都一同看向時宴。

眾目睽睽之下，時宴冷冷地看著秦時月。

秦時月縮了脖子，低聲道：「當我沒問。」

然後，時宴面無表情地接起電話。

鄭書意的聲音傳來：『起床了嗎——』

時宴：「起了。」

鄭書意：『吃飯了嗎？』

時宴掃過眾人看著他的眼神，平靜道：「正在吃。」

鄭書意：『……』

果然，酒一醒，又變成了那副死樣子。

片刻的沉默後。

時宴：「還有事？」

鄭書意：『……沒有了！』

她直接掛了電話，聽筒裡傳來忙音。

時宴皺了皺眉，放下手機。

桌上兩個男人還看著他。

秦孝明突然輕笑了一下，移開了目光。

而時文光清了清嗓子，問道：「女朋友？」

時宴：「嗯。」

秦時月的求生欲突然消失，雙眼倏地亮了，問出了所有人的心聲：「以前怎麼沒有發現小舅舅你這麼膩歪呀？還親親小寶貝，哈哈哈哈哈哈」

「……」時宴放下筷子，笑著看向她，「妳的胃不痛了？」

秦時月的笑聲戛然而止，並且感覺到一股死亡氣息。

她心虛地眨眨眼睛：「還、還好，謝謝舅舅關心。」

時宴：「那妳回去上班吧。」

秦時月：「……」

飯後，時宴離開家，前往銘豫總部大樓。

上車後，他接了個陳盛的電話，然後翻出訊息。

果然，鄭書意的備註也變成了「親親小寶貝」。

他不記得是什麼時候的事情，只能確定，這絕對不是出自他的手筆。

他盯著手機螢幕，嘆了口氣，然後撥通了那個「親親小寶貝」的電話。

對方很久才接起，並且語氣很冷淡，『幹什麼？』

時宴：「要去上班了？」

鄭書意：『對啊。』

時宴聽到背景音，有些吵鬧，又問：「妳在哪？」

鄭書意：『等車。』

三句話，每句都不超過兩個字。

時宴有一點煩躁，一點無奈，放柔了語氣，聲音裡帶著他自己都沒察覺的哄，「妳怎麼了？」

今天又升溫了。

鄭書意穿著高領打底衫，站在太陽底下，悶出了一脖子的汗。

而始作俑者居然還有臉問她「怎麼了」。

「沒怎麼，我就是在思考一個問題。」

時宴：『什麼？』

「男朋友太冷淡，我反思了一下，應該是我的問題。」

『妳……』

「我應該找一個不那麼冷淡的男朋友。」

第二十八章　美女記者

電話那頭安靜了幾秒。

此刻的鄭書意看不見時宴的表情，但她能感覺到，這男人應該已經黑了臉。

不過鄭書意卻很爽。

這人昨晚在她家裡發了一陣酒瘋並且瘋狂占她便宜。

——雖然她還挺喜歡他占……不是，挺喜歡他發酒瘋的。

但第二天酒一醒就變成一副冷靜自持的死樣子想裝作什麼都不知道，這世上哪裡有這麼好的事。

不給他點顏色，他還以為自己找了個多麼賢慧淑良的女朋友呢。

忙碌的早上，鳴笛聲四起，附近還有早餐店的廣播聲，吵鬧又煙火氣息濃重。

一陣沉默後，時宴突然開口道：『別動，就在妳家門口等著。』

鄭書意嘴角彎著，卻說道：「我不要，好熱的，我要去上班了。」

『……』電話裡，時宴的聲音突然放柔，『書意，就在那裡等我，好不好？』

鄭書意一愣，聽到他低哄的聲音，很不爭氣地妥協下來。

看來自己還是很賢慧淑良的。

於是，她對著空氣點了點頭，「你快點，我要熱死了，天氣怎麼突然這麼熱呀，才三月份，真是的，不知道真到了夏天要熱成什麼樣子……」

時宴聽完了她的絮絮叨叨，才掛掉電話。

鄭書意找了處陰涼的地方，靜靜地站著。

很快，時宴的車便出現在她面前，車窗降下，他側頭看了過來。

此刻鄭書意已經熱得額頭出汗，一邊朝他的車走去，一邊抱怨，「真的好熱，這年頭的氣候真是越來越差了！」

時宴的聲音隨著車裡的冷氣傳出來，「熱還穿這麼多？」

「……」鄭書意突然頓住腳步，和時宴僵持地對視。

剛剛還說他當人了，結果一開口，依然說不出人話。

鄭書意雙手抱胸，毫不遮掩自己的嘲諷：「你好意思說我？你以為我為什麼穿這麼多？不知道是誰做的好事嗎？」

時宴的視線慢悠悠地落在她脖子上。

他手肘撐在車窗上，食指彎曲，抵著下巴，在炎炎烈日下，露出了一副悠閒的樣子。

「我做什麼好事了？」他的聲音像車裡吹出來的冷氣一樣清冽。

可聽在鄭書意耳朵裡，卻像一股熱浪滾過，「原來你……沒忘啊？」

「我酒量沒那麼差，」他上下打量鄭書意，因為眼神的不正經，連帶著說出來的話都別有一番意味，「該記得的都記得。」

鄭書意：「……」

她突然覺得脖子很燙，不自覺地伸手撓了撓，像是要遮掩什麼，反而欲蓋彌彰。

時宴靠回了背椅，淡淡地說：「上車吧。」

鄭書意沒動，很有骨氣地說：「你下車。」

時宴忽然蹙眉，有些不耐地看著鄭書意，「妳又要幹什麼？」

「你先下來嘛。」鄭書意的語氣裡雖然有點撒嬌的意思，可是她坦坦蕩蕩地看著他，好像下車後有什麼大動作。

時宴實在不明白在這上班高峰期，她到底在上車與下車之間糾結什麼。

周圍人來人往，通勤的人恨不得一路小跑去趕地鐵，她卻在這裡巋然不動。

時宴自然也不是閒著，但看著鄭書意的笑顏，他還是打開了車門。

兩步走到鄭書意面前，他側身，擋住了明晃晃照在鄭書意臉上的陽光，「怎麼了？」

「沒怎麼。」鄭書意墊腳，慢慢湊到他耳邊，神神祕祕地，低聲說，「親一下才跟你上車。」

「……」

其實鄭書意說這話也不是索吻，她就是故意的。

她就是見不得時宴在人前裝腔作勢的模樣，想一點點試探，他的底線在哪裡。

反正大庭廣眾下小小地親一下，又不是擁吻，她是不怕的。

所以，時宴答非所問，也在她的意料之中。

兩人頭頸相交錯，這麼站著，時宴只需要微微側頭，就能看見鄭書意的耳垂。

皮膚很白，軟軟的耳垂卻因為天氣熱而泛著紅。

他的呼吸拍打在她耳朵上，輕聲問：「妳怎麼沒戴耳環？」

「早上沒看到合適的，就不想……」

等等，這是什麼八竿子打不著的問題？

鄭書意正要抬頭，突然感覺耳垂上一陣溫軟。

時宴輕吻著她的耳垂，輾轉含弄，舌尖似乎還掃了一下。

如觸電一般，鄭書意瞬間收緊了呼吸，指尖幾不可察地蜷縮。

她不知道時宴到底是因為這樣的姿勢輕吻她看起來就像兩個人在說悄悄話，完全不會引起別人的注意力，還是因為他天性裡就愛這麼直接挑逗她的敏感部位。

總之，鄭書意快因為時宴的動作渙散了一早上的精神氣，雙腿軟趴趴的，下一秒就要靠到他身上。

路上的喧鬧一瞬間飄到了外太空，鄭書意耳邊只剩自己的心跳聲。

時宴抬手，扣著她的後腦勺，手指插進黑髮，輕輕按著。

同時，雙唇未離開，沿著她的耳廓一路吻上去，說話的聲音也變成了密語：「可以跟我走了嗎？」

鄭書意喃喃道：「可、可以……」

「那走吧。」時宴驟然抽離開，瞥她一眼，然後轉身拉著她上車。

「……」鄭書意怎麼覺得，她在時宴剛剛的語氣和眼神中，品出了一股「妳事可真多總算解決了」的嫌棄感？

一邊在眾目睽睽下面不改色地做著親密到有點色情的事情，一邊嫌棄她要求多？

這到底是什麼人格分裂的男人？

上車後，時宴一副清高的模樣坐到最裡面，撣了撣領口，然後仰頭閉目。

鄭書意：「……」

她覺得更氣了。

鄭書意緊緊靠著右邊的窗戶，和時宴隔出一道鴨綠江，還時不時回頭瞪他一眼。

反正他也看不見。

可是，在鄭書意第三次偷偷摸摸回頭的時候，時宴閉著眼睛，卻說道：「別看了，讓我睡一下。」

鄭書意：「……」

這人是開了天眼嗎？

「誰看你了，」鄭書意嗤笑，「我是在瞪你。」

時宴彷彿根本沒把她的話聽進去，依然閉著眼睛，看樣子就像睡著了一般。

昨夜他受不住一身的菸酒味道，回到家裡，洗完澡之後，已經是深夜。

而體內的酒精濃度並沒有因為一夜安睡而徹底降為零，直到這時，宿醉的後遺症依然沒有完全消散。

可是在車裡閉目養了一下神，他發現，鄭書意坐在旁邊，她慣用的香水味隨著她小小的動作若有若無地浮動，即便她不說話，不動作，他也根本沒辦法靜下心來。

時宴長舒了一口氣，睜開眼，毫無預兆地抓住鄭書意垂在腿邊的手。

她的手細膩又纖瘦，十指勻稱，指尖剪得乾淨圓潤，沒有塗指甲油，呈現出一副純天然的美感。

而且很小，輕輕一握，就被包在掌心裡。

時宴一副把玩的架勢，又攤開手，十指緩緩插入，將兩人的手扣在一起。

「今天下班後，我來接妳？」

鄭書意勾唇笑了笑，裝模作樣地看著窗外，語氣拿喬：「沒空。」

半晌，等著時宴來哄的鄭書意什麼都沒聽到，手倒是被他玩得起勁。

鄭書意偷偷側過臉看他，見他怡然自得的樣子，似乎根本不在乎她一個人的獨角戲。突然覺得好沒勁。

鄭書意倏地抽回自己的手，低頭摳指甲，試圖遮掩自己幫自己找臺階下的扭捏。

「我朋友今晚的飛機，就那個，之前你見過的那個朋友，我要去接她。」

時宴：「她來找妳玩嗎？」

「不是啊。」

鄭書意剛想說她來工作的，腦子裡卻突然冒出很久之前，畢若珊第一次和時宴見面時，對鄭書意放出的話。

——「姐妹，這妳他媽能搞到手，我當場剁頭。」

思及此，鄭書意噗嗤一聲笑出來，別有深意地瞄著時宴，「她來給我表演剁頭的。」

「……」

時宴有時候真的不懂，是不是有人在鄭書意的情緒開關上反覆橫跳。

一下子生氣，一下子彆扭，一下子撒嬌，一下子又自顧自地笑。

不過想到畢若珊要當場剁頭，鄭書意先前的那些小情緒都煙消雲散，她挪到時宴身邊，拉了拉他的袖子。

「那今天你陪我一起去接她？」

時宴：「沒空。」

鄭書意：「……」

這男人怎麼還有睚眥必報的第三重人格呢。

鄭書意點點頭，一本正經地說：「嗯嗯，好的，那我去找個有空的男朋友陪我去。」

時宴聽到這句話，也不惱，反而側頭靜靜地看著鄭書意，嘴角還帶了點笑意。

既然如此，鄭書意就借此機會表達自己的不滿。

「我有一個男朋友，會每天跟我說早安晚安。」

「還有一個男朋友，會接我上下班，或許還會帶著花來。」

「還有一個男朋友，會在我需要的時候貼心地陪著我。」

「最重要的那個男朋友呢，會說好聽的話哄著我。」

時宴長長地「哦」了一聲，「這麼多男朋友？」

「是啊，怎麼，你這是什麼眼神？」鄭書意面不改色地說，「羨慕的眼神嗎？」

「……」

「我不會分給你的。」

「……」

「除非你求我。」

「求妳。」時宴終於開口，只是語氣不那麼順耳，「閉嘴。」

「……」

因為在路上折騰了一下，鄭書意幾乎是踩著時間到的公司。

剛剛放下包，就被叫進會議室開例會。

結束的時候，唐亦靠到轉椅上，笑瞇瞇地說：「三月了，萬物復甦，春暖花開，戀愛的季節也來了，大家要趁著這個時節，去談一場甜甜的戀愛呀。」

「……」

眾人對唐主編這突如其來的蠢蠢欲動震得不知道怎麼接話。

只有鄭書意為她捧場，「嗯嗯，主編是交男朋友了嗎？」

唐亦理了理頭髮，搖搖頭：「我的生活，自有安排，我是在為你們擔心。是這樣的，前幾天呢我們樓上那家網路公司的老闆找到我，要跟我們部門舉行聯誼。」

她朝鄭書意眨了眨眼睛，「人家指名要妳參加，我都答應下來了，妳會給我這個面子吧？」

鄭書意笑著點頭：「唐主編的面子我怎麼會不給呢。」

唐亦覺得鄭書意很懂事，朝她投來讚賞的目光。

緊接著，鄭書意拿出手機：「只是我要去問問我男朋友，他同不同意我參加。」

「……」唐亦倏地坐直，闔上電腦，「散會。」

一離開會議室，孔楠立刻湊了上來，「又戀愛啦？」

鄭書意笑而不語，往茶水間走去，而孔楠手裡頭有事，也沒空追問，兩人分別走開。

由於去美國出差一週，鄭書意手裡的工作堆積了不少，回到座位後，她一忙起來便忘了時間。

匆匆吃了午飯，連平時習慣的小憩都沒有時間，又投入下午的工作中。

直到快到下班的時間，辦公區裡的人陸陸續續開始摸魚了，鄭書意才站起來舒展舒展肩頸，然後端上一杯熱水站到窗邊滑了一下社群動態。

其中一則是秦時月的，發表於三個小時之前。

——『生活生活，生下來就是要幹活，老舍先生誠不我欺。』

配圖是一張老舍的照片。

鄭書意：「……」

這都沒什麼，重點是她看見喻遊點了個讚。

鄭書意嘆了口氣，在這則動態下流淚：

『他沒說過這句話。

這種感覺我懂。

——魯迅。』

沒幾秒，秦時月果然刪了這篇貼文。

然後哭唧唧地來找鄭書意。

秦時月：『妳怎麼不早說呀TVT，丟臉死了。』

鄭書意：『……』

鄭書意：『或許他也不知道，妳看這不是還給妳點讚了嗎？』

秦時月：『（痛哭流涕.jpg）。』

鄭書意：『答應我，以後不要在社群上裝作很文藝的樣子好嗎？妳不如多發點自拍。』

秦時月：『唉……』

鄭書意：『妳怎麼了？』

秦時月：『我小舅舅又要把我弄回來工作了。』

喝完了水，鄭書意一邊整理著資料，一邊傳語音給秦時月。

『叫你上班就上班，年紀輕輕的不工作癱在家裡幹什麼？』

秦時月：『哇，書意姐妳怎麼也站到我小舅舅那邊了？』

幾秒後。

秦時月自問自答：『啊！妳真的跟我舅舅在一起啦！』

秦時月的聲音太大，鄭書意下意識把手機舉得離自己耳朵遠一點。

手機便自動切換成了擴音。

這時，許雨靈抱著一堆資料經過這一邊。

她耳朵靈，正好聽到這句話，帶著震驚的眼神看向鄭書意。

此時鄭書意還笑瞇瞇地看著手機打字。

鄭書意：『（咧嘴）。』

鄭書意：『低調。』

許雨靈目光閃了閃，若有所思地轉回了頭，繼續朝辦公室走去。

而手機上，秦時月的震驚比剛才更甚。

秦時月：『我今天早上看見他給女朋友備註「親親小寶貝」，還以為不是妳呢！』

鄭書意：『為什麼覺得不是我？』

鄭書意：『難道妳小舅舅還有別的女人？』

鄭書意：『他養魚塘？』

秦時月：『我不是那個意思，我就是覺得這麼噁心的備註怎麼會是妳呢。』

鄭書意：『……』

秦時月：『妳這麼端莊，這麼知性的，不是妳改的備註吧？』

鄭書意：『當然不是。』

秦時月：『我就說嘛，哈哈哈哈，沒想到我小舅舅這麼噁心，嘔！』

鄭書意不再理秦時月，去給她那個噁心的男朋友傳訊息。

鄭書意：『不知道我今天會不會有一個帶著一束花來接我下班的男朋友呢？』

訊息剛傳過去，時宴就打電話過來了。

『下樓。』

鄭書意：「你已經到了？」

時宴：『嗯。』

鄭書意：「……」

早知道她就不白費功夫暗示他了。

收拾好東西後，鄭書意關了電腦，跟孔楠說了一聲便下班了。

由於她出來的早，大樓外的廣場還不擁擠，鄭書意一眼便看見的時宴的車。

時宴酒勁過了，沒帶司機，自己開了車來。

鄭書意一路蹬蹬蹬地小跑過去，到車前，反而矜持了，慢慢拉開車門，優雅地坐進去。

看了副駕駛座一眼，果然是空的。

鄭書意哼了一聲，什麼都沒說，繫好安全帶後，說道：「司機大哥，去江城國際機場T2，謝謝。」

「……」時宴冷眼看著她，「妳又在表演什麼？」

鄭書意低頭擺弄髮絲，看都不看他一眼，哼哼唧唧地說：「不帶束花來接女朋友下班，跟計程車司機有什麼區別。」

「……」

時司機哼笑一聲，直接一腳油門踩到了機場。

一路上兩人都沒怎麼交流。

主要是時宴一上路就接了好幾個工作電話。

他沒戴耳機，直接從汽車中控臺播放，鄭書意只好安安靜靜地當一個小啞巴。

電話澈底安靜之後，時宴也不說話了。

鄭書意偷偷看他好幾次，都沒見他有什麼表情變化。

嘖。

剛剛她都說得那麼明顯了，也不知道稍微說點好話哄一下，就一路上安安靜靜地開車。

還真把自己當做計程車司機了。

到機場停車場後，還不等車停穩，鄭書意便問道：「謝謝，多少錢？」

時宴倒車的時候，冷冷瞥了鄭書意一眼。

還真把他當司機了。

時宴：「一千九百零五。」

鄭書意：？

還有零有整的？

「你靠搶錢發家的吧？」

「不是，」時宴笑了笑，「我靠爸。」

鄭書意：「……」

車停穩後，鄭書意還窩在副駕駛座上鬱悶著，垂著腦袋。

時宴看了她半晌，眼裡浮著笑意，捏了捏她的臉，「看後座。」

鄭書意依言往後看去。

後座上擺著一個黑色禮盒，上面明晃晃一個單詞「Rose」。

鄭書意：！！！

這司機還怪會給驚喜的！

她連安全帶都沒解，扭著上半身伸長手，把禮盒撈了過來。

裡面是一束香檳紅玫瑰。

花香彌漫到鄭書意心裡，她捧著花，下巴蹭了蹭葉子，抬眼對上時宴的目光，對視片刻，隨即眼波一轉，垂眸看著手裡的玫瑰，雙頰也被映紅。

車裡的溫度在她眼波流轉間緩緩升高。

雖然她一句話都沒說，此時的神態卻比說了一百句情話更撩人。

「啪嗒」一聲，時宴解了安全帶，俯身朝鄭書意緩緩靠過來。

在他的氣息離鄭書意越來越近時候，忽然，一道手機鈴聲驟然響起，打破了此刻的曖昧氣氛。

鄭書意滑到接聽鍵的那一秒，畢若珊的聲音立刻響了起來，『我居然遇到宋樂嵐了！天啊！她沒走ＶＩＰ！我的媽呀我第一次見到活的明星，她好美啊！近距離接觸啊！妳來不來啊！快啊！到達接機區了！好多人在這裡找她要合照呢，她都沒拒絕！』

鄭書意倒吸一口冷氣：「妳等著！我馬上來！」

車門被猛地打開的同時，那束價值一千九百零五塊的玫瑰「嗖」一下被塞回了宋樂嵐親弟弟的懷裡。

鄭書意拿到簽名和合照時，那股興奮還沒退去，幾乎忘了時宴還在停車場等著她。

她和畢若珊混在人群裡，直到宋樂嵐被工作人員們擁簇著上了外面的保姆車，圍觀人群才紛紛散開。

「真美啊，比電視上還美，」畢若珊目送著保姆車遠去，還沒從宋樂嵐的明星光環中回過神，「她都快五十了吧，跟我媽一樣大，怎麼看起來年輕那麼多，果然明星就是好啊，有大把錢保養，青春都比別人多十年。」

「那不只是保養臉呢，」鄭書意把得到的簽名捧在胸前，望著車尾燈，兩眼放光，「我去年去看了她的演唱會，連著唱了兩個多小時呢，一首接一首不喘氣的，體力是真的好，我這個二十多歲的人都自愧不如，天后就是天后，真的厲害。」

「可是妳說她怎麼不結婚呢？」畢若珊問，「我小時候就知道她了，這麼多年過去，跟她同一批的明星好多都轉幕後不出來了，只有她還活躍著，每年還開演唱會……啊，對了，妳知道嗎？我以前上大學的還看見八卦雜誌上說她其實早就隱婚了，還生了兩個兒子。」

「妳就聽人胡說八道吧，什麼路邊攤買的破雜誌，有書號嗎？」鄭書意對這種八卦從來都是嗤之以鼻的態度，「有些媒體真的不配稱之為媒體，拿著一支筆就亂寫，還隱婚，還生了兩個兒子，他們但凡看一看人家這十幾年的行程，專輯一張接一張地出，演唱會場場爆滿，從來就沒有消失在大眾視線裡，妳告訴我人家上哪找時間生孩子？」

鄭書意吐槽完，扭頭就走。

畢若珊跟上她的腳步，跟她杠了起來，「妳可別說啊，人家雖然沒有書號，但還是有理有據的，幾年前不是被拍到過宋樂嵐無名指上戴著鑽戒嗎？」

鄭書意哼笑，滿滿都是不屑：「戴鑽戒就代表結婚了？人家那麼有錢，沒事買買鑽戒戴著好看不行啊？而且不是都澄清了嗎，那是贊助商借的戒指。」

「啊……這樣啊。」畢若珊都快被說服了，但又想起不知道在哪裡看到的八卦，說道，「可是她那首〈親愛的禮物〉分明就是寫給孩子的歌，這個妳總知道吧。」

這首耳熟能詳的歌曲年齡其實比鄭書意和畢若珊小不了幾歲，但一直到現在還是很多母親對孩子表達愛意時喜歡唱的歌。

歌詞裡雖然沒有一個字提到「孩子」、「寶貝」、「媽媽」這樣的字眼，字裡行間又分明流露著舐犢之情。

因此，這首歌一直是宋樂嵐隱婚生子傳聞的「實錘」，即便她每次都否認。

「虧妳還是新聞系的學生呢，居然相信那些為了博眼球的八卦。」鄭書意對畢若珊的說法不以為然，甚至覺得是無稽之談，「人家唱歌，那叫藝術創作，誰說一定是自身的經歷？不然那些苦情歌歌手得過得多慘啊？況且詞曲都不是她寫的，她只是個唱歌的機器罷了。要是照妳這樣說，那我天天動筆寫著動輒幾百幾千億的金融案子，可是這些錢跟我有什麼關係嗎？」

畢若珊：「……」

說得好有道理哦。

至此，鄭書意一句話將今天的八卦蓋棺定論：「別聽那些八卦，人家一個人瀟灑著呢。她要是隱婚生子，我給妳表演當場剁頭。」

畢若珊被她這篤定的語氣逗笑，仔仔細細地把簽名折疊好，放進包裡，然後拉著鄭書意往計程車停靠口走，「妳至於嗎？還當場剁頭呢，我可捨不得妳剁頭呢。」

鄭書意：「但我捨得。」

她拉著畢若珊往反方向的停車場走，「來，妳跟我來。」

畢若珊驚慌道：「妳幹什麼呀！」

鄭書意不說話，一路拽著畢若珊到了停車場，指著遠處一輛車，朝她抬了抬下巴，「妳知道車裡坐的是誰嗎？」

畢若珊眨眨眼睛：「我靠我怎麼知道裡面是誰，我又沒有開天眼。」

鄭書意湊到畢若珊耳邊，拍著她的肩膀說道：「我的男朋友啊。」

畢若珊：「……」

鄭書意：「今晚請我吃剁椒魚頭？」

畢若珊：「……」

鄭書意：「要不然獅子頭？」

畢若珊：「……」

車裡，時宴把玩著那束被拋棄的玫瑰花，一度覺得自己有點慘。

百忙中抽身親自去選了花，沒來得及休息片刻，便親力親為來接女朋友下班，結果被晾在停車場等了半小時。

而始作俑者還拉著她的閨密站在遠處交頭接耳，不知道在嘰嘰喳喳些什麼。

看見兩人終於邁腿了，時宴才把花放回副駕駛座上，按開了後行李廂。

等人走近，他下車，走向畢若珊，朝她伸手。

意識到時宴這個動作是要幫她放行李箱，畢若珊戰戰兢兢地搖頭，死死抓住自己的拉杆：「不、不麻煩時總了，我自己來。」

上一次見面，畢若珊還大大方方的跟他說笑，而這一次，她一看見時宴的臉就會想起自己是怎麼費心費力地為鄭書意出謀劃策的。

能抬起頭說話就不錯了，哪裡還好意思讓人家幫忙搬行李箱。

時宴自然知道畢若珊這樣的反應是因為什麼，心虛都快寫在臉上，像個做錯事情面見班導師的小學生。

看起來有些好笑，倒讓時宴不知道該如何接她這話。

於是，他瞥了鄭書意一眼。

鄭書意會意，對畢若珊說：「妳就讓他幫忙吧，不然他怕我又要去找一個比較紳士的男朋友。」

時宴：「……」

畢若珊這次算是出個短差，只帶了小箱子，被時宴隨手拎進後車廂後，畢若珊連連道謝，然後見時宴站在車旁，目光落在鄭書意身上，便很有眼色地鑽進了後座。

車前，鄭書意正要進副駕駛座，突然被時宴拉住。

傍晚降溫，空曠的停車場涼風陣陣，時不時揚起鄭書意的頭髮。

時宴並不急著上車，抓著鄭書意的手腕，雖然力氣不大，卻擺出一副興師問罪的架勢。

「就這麼喜歡宋樂嵐？」

「你不是知道嗎？」鄭書意一想到有了跟宋樂嵐的合照，雀躍地臉上還有紅暈，「我第一次去你家的時候就跟你說過，我很喜歡她的，那是真心話，不是為了搭訕你。」

見她似乎沒有聽出自己的不滿，時宴竟覺得有點好笑。

「為了她把我晾在這裡？」他鬆開手，拂開鄭書意因為出汗而貼在頰邊的頭髮，「不是說最喜歡我？」

「……」

鄭書意感覺臉上有點癢，歪頭用臉頰去蹭他的掌心。

做著這樣的小動作，眼神裡卻透露出一點對他的嫌棄，「你連女人的醋都吃？你要轉行賣醋嗎？而且你不是也挺喜歡她的嗎？家裡好多她的唱片呢。」

說完，鄭書意突然笑了，故意揶揄他。

「你不會是因為不好意思跟我一起進去要合照，所以在嫉妒我吧？」

「……」

時宴輕嗤，轉身上車。

鄭書意也拉開車門坐上去，把花放到時宴懷裡，一邊繫安全帶，一邊說：「男朋友呢，可以天天見，但是宋樂嵐我可能這輩子只有這一次機會能這麼近的接觸了，你能理解我的吧？」

她沒有真的覺得時宴是在嫉妒，明白他是覺得自己被冷落了有些不開心，所以跟他解釋一下。

時宴：「不太理解。」

作為一個盯著宋樂嵐那張臉看了二十幾年的人，他確實不太理解這些粉絲的狂熱。

鄭書意伸手拿回她的花，捧到懷裡，嘀咕道：「你這個人簡直不可理喻。」

時宴聞言，反而輕笑了下，轉動方向盤的同時，自言自語般說道：「我這個人是挺不可理喻的，妳才知道嗎？」

他的語氣不痛不癢，似乎只是隨口接鄭書意的話，她卻倏地捏緊花束，心像被揪了一下。

她扭過頭，看著時宴的側臉，張了張嘴，卻不知道說什麼。

時宴這句話背後到底有沒有隱藏含義，鄭書意並不確定。

但鄭書意明白，在遇到她之後，他的所作所為確實都很不可理喻。

那些埋在心裡隱祕的擔憂，被這一句話全都挑了出來。

可是她既沉溺於時宴偏離一貫的理性軌跡給與的縱容和溫柔，又因他獨自跨過欺騙與謊言依然選擇站在她身邊的包容而產生了自己何德何能的不安感。

作為過錯方，在沒有付出代價的情況下，得到的竟然不只是原諒，讓鄭書意感覺像踩在柔軟的雲朵裡，舒適而溫暖，卻又害怕有一天，時宴突然清醒了，想要修正自己的人生軌道時，她會一腳踩空，高高墜落。

此後的路程，鄭書意緊緊抱著玫瑰花，不再說話。

時宴原本就是在忙碌中抽空來給鄭書意當司機的，並沒有時間再陪她們吃飯。

而畢若珊原本就約了司徒怡吃晚飯，現在鄭書意落單了，兩人自然一同前往，於是時宴把她們送到地方後便馬不停蹄地回了公司。

訂的地點是一家西餐廳，畢若珊和鄭書意到了之後，足足等了一個小時，司徒怡才姍姍來遲。

畢竟是幾百萬粉絲的美妝網紅，她的穿著打扮與普通人有區別，一走進餐廳便自帶燈光。

「不好意思啊，今天要上傳 vlog，盯著剪輯師呢，剛剛下班，今晚上我請客啊。」

司徒怡走過來，人倒是很自來熟，完全沒有多年不見的生疏，看起來就像熟稔的老朋友一般。

她把包放下，瞥見鄭書意，愣了兩秒，「咦？鄭書意？」

畢竟鄭書意已經習慣了等人，沒畢若珊那麼煩躁，朝她笑了笑，「好久不見啊。」

「妳怎麼都沒什麼變化啊。」司徒怡像是看見什麼驚奇事物一般，倒忘了今天是跟畢若珊來談合作的，「妳現在在哪工作呢？」

「還是做老本行，」鄭書意倒了一杯水給她，「在《財經週刊》當記者。」

「居然還沒轉行呢？」司徒怡覺得這是件挺不可思議的事情，笑了笑，半開玩笑地說，「不如妳來跟我做自媒體，比當記者賺錢多了。」

「好啊，」鄭書意隨口應了幾句，「到時候妳帶帶我。」

聊了幾句後，司徒怡才轉入正題，和畢若珊談起了合作。

畢若珊在一家化妝品公司上班，負責產品行銷，最近一直在找網紅做推廣，而司徒怡連水都沒喝幾口，不停地問各種產品資訊，幾次讓畢若珊接不上話。

直到上了菜，鄭書意提醒兩人先吃點東西，她們才歇了口氣。

也是這時候，司徒怡才注意到鄭書意座位旁邊的玫瑰花。

「喲，妳跟岳星洲挺恩愛啊。」司徒怡咬著雞尾酒裡的吸管，笑得有些奇怪，「我記得上大學那時他就經常送花，這麼久了還保持著這個習慣呢？」

畢若珊突然埋頭咳了聲。

鄭書意反而平靜地搖了搖頭，「不是他送的，我跟他分手了。」

「分手了？」司徒怡的語氣自然是驚詫的，但鄭書意卻從她臉上看出了點別的情緒。

鄭書意輕點頭：「是啊，去年分手的。」

司徒怡擺弄著吸管，不知道在想什麼，一副似笑非笑的模樣。

許久，她才撐著下巴，盯著鄭書意，慢悠悠地說：「那既然你們分手了，我跟妳也沒什麼交集，我告訴妳一件事啊。」

女人在這種時候自帶八卦雷達，司徒怡只需要開個頭，鄭書意便已經嗅到了不祥的味道。

「妳說。」

「就大學那時唄，」司徒怡手指撥弄吸管，嘴角勾著譏誚的弧度，「岳星洲不是追了妳很久嗎，我沒記錯的話，有兩、三年吧？」

她想起幾年前那些事，笑得越發怪異，「其實，他跟我一直不清不楚的，這妳應該不知道吧？」

鄭書意手裡的刀叉突然撞在一起，連眼睛都不眨了。

「不過妳放心，也只是不清不楚而已，沒什麼別的，」司徒怡的口吻，已經完全把這事當做笑話了，「那時候我就是一個備胎唄，反正他在妳那栽了跟頭就來跟我聊天到深夜，好幾次節假日他沒約到妳，都是我陪著過的，我也傻，心甘情願唄，誰叫他長得帥嘴又甜呢，隻字不提愛情，卻讓我覺得我在他心裡是不一樣的。」

短暫的震驚之後，鄭書意突然泛起一股噁心。

她皺了皺眉，還沒說話，畢若珊已經怒了，「妳當時為什麼不說啊！」

「我為什麼要說？」司徒怡覺得畢若珊的說法很好笑，「我跟鄭書意又不熟，況且我那時候是什麼樣子啊，萬一妳們反過來罵我綠茶婊挑撥離間呢？」

話音落下，四周沉默。

其實司徒怡大學時期長相非常普通，扔人群裡就看不見那種。

現在之所以這麼紅，是因為她那化腐朽為神奇的化妝技術，只不過這項技能是在畢業後才開發。

所以她那時候對岳星洲這種人有著憧憬，是非常正常的事情。

司徒怡看了鄭書意的表情一眼，「嘖」了一聲，「反正都過去這麼久了，現在說出來也不怕妳們笑話，我當時還以為自己是紅顏知己，能跟妳爭一爭呢，結果後來妳的態度一鬆動，他就跟我斷了聯絡，我他媽才反應過來我是被當做備胎了。」

說完，司徒怡自己舒暢了，瞥了鄭書意一眼，又說：「當然我跟妳說這些舊事也不是要怎樣，就是萬一他回頭又來找妳復合，妳自己掂量掂量吧，畢竟我看得出來，他是真的挺喜歡妳的，我不信他不想吃回頭草。」

司徒怡覺得自己這個說法特別好笑，兀自點了點頭，「嗯，在所有備選中，他最喜歡妳了。在他心裡，可能覺得自己特深情，簡直是個情聖。畢竟喜歡他的女生很多呢，但只要妳點個頭，他隨時可以為妳拋棄一整片森林，這多麼感人啊。」

聽到這種事情，鄭書意沒有一絲絲情緒波動是不可能的。

她以前覺得自己談了一場美好的戀愛，只是保質期太短，連熱戀期都沒撐過。

結果沒想到，從頭到尾她都是在跟一坨垃圾談戀愛。

「行了，話題扯遠了，不說這個了。」司徒怡轉向畢若珊，「我們還是說正事吧，講講妳們的行銷方案，總不會是單純地植入吧？」

畢若珊側頭看鄭書意，她朝她揮揮手，「妳們聊正事吧，我沒事的。」

話是這麼說，但這一頓飯下來，鄭書意不知不覺喝完了自己的那一大杯雞尾酒，順帶連畢若珊那一份都喝完了。

「喂，妳幹什麼呀？」畢若珊想攔她，「妳忍一下吧，少喝點。」

鄭書意抱走酒杯，覺得有些好笑：「妳幹什麼呀，我又不是傷心。」

她只是覺得有點好笑。

而且這雞尾酒確實挺好喝的。

飯後，畢若珊去櫃檯結了帳，回來看見鄭書意趴在桌上。

「這是怎麼了？真的喝多了？」畢若珊拍著她的背，問司徒怡，「兩杯雞尾酒就喝成這樣？」

「這是混合酒精啊姐，妳以為是飲料啊？後勁很強的。不過她可能是當飲料喝了。」

司徒怡站起來，四處看了看，「我跟妳一起把她送回家？這酒後勁大，等等才難受呢。」

「那倒不用。」畢若珊看了一眼時間，「她剛剛說了她男朋友要來接她。」

其實鄭書意沒有完全醉，只是有點頭暈，渾身沒什麼力氣。

所以時宴來的時候，她像個沒事人一樣站了起來，緊緊抱著她的花，跟著他出去。

「臉怎麼這麼紅？」上車後，借著燈光，時宴才注意到鄭書意的不正常，「喝酒了？」

鄭書意用拇指和食指比劃了一個指甲大小，「一點點而已，我酒量很好的。」

「是嗎？」時宴開著車，空著一隻手去摸鄭書意的臉，「喝一點就熱成這樣，也好意思說自己酒量好。」

鄭書意就著他的手蹭了蹭，小聲道：「是因為我穿太多了，你開一下窗，我透透氣。」

因為沒在鄭書意身上聞到酒氣，所以時宴真當她沒喝多少，降了一半的車窗。

一路的晚風吹到家，導致的後果就是鄭書意下車的時候站都站不穩。

飄飄蕩蕩地走了幾步，時宴看不下去了，直接將她抱了起來，「這就是妳的酒量好？」

鄭書意也覺得有些丟臉，便安分地沒有反駁。

她摟住時宴的脖子，沉在他的體溫裡。

靜靜地閉上眼睛，情緒被酒精一激發，像噴泉一樣湧了出來。

到了家裡，時宴把她安置到沙發上，才俯著上半身，沉聲道：「妳今天怎麼了？」

原來他都感覺到了。

鄭書意蹬掉鞋子，蜷縮了起來，啞著聲音說：「沒什麼，今天我老同學跟我說了一些岳星洲的事情。」

時宴：「……」

「還想著他？」

「不是不是，」鄭書意揉了揉眼睛，連忙否認，「我就是覺得……還挺慶幸的，要不是他那麼渣，我怎麼會遇到你呢。」

「……」

雖然提起來很氣，但說的也是事實。

「就為了這個把自己喝成這樣？」

鄭書意慢慢坐直，拉住時宴的手指，小聲說：「不是啊，我現在就是有點慶幸，又有點害怕。」

時宴反手握住她，「害怕什麼？害怕再遇到一個渣男？」

鄭書意瞪著眼，不知如何回答。

對視半晌後，她乾巴巴地說：「也、也不是吧，我知道你不是那種人，你要是渣的話……就該拿個復仇劇本，把我騙個色，再狠狠甩掉我。」

時宴：「……」

鄭書意：「你覺得這個劇本好嗎？」

「挺好的。」時宴眸色沉了下來，臉上情緒不明。

因為他這句回答，鄭書意倏地緊張起來。

她主動挑起了兩人已經避之不談很久的心結，是不是有點蠢。

可是不說明白，她永遠也沒辦法安心。

她怔怔地看著時宴，像一個等待發落的罪人。

可等到的卻是落在額頭的輕吻。

時宴長嘆了一口氣，「確實挺想騙個色的。」

鄭書意渾身一陣輕顫，呼吸收緊了，感覺自己墜入一汪溫泉中。

許久，她才開口。

「其實我就是想說，你能不能別騙我，被騙的感覺真的不好。」她頓了頓，又低下了頭，「嗯……這樣好像有點雙標。」

她自己就是個騙子。

「鄭書意。」時宴雙手撐在她身側，喉結上下滾了滾，聲音低啞，低頭看著她，瞳孔裡只映著她的影子。

他看了好一陣子，才說道：「妳以為只有妳一個人雙標嗎？」

醉酒的人腦子轉得比較慢，鄭書意花了好幾秒才明白時宴這句話的意思。

她不知道該說什麼了，也不知道怎麼表達自己的心情。

只能——

她抬起頭，勾住時宴的脖子，主動吻了上去。

一開始，時宴試圖安撫她不安的情緒，回應得溫柔又繾綣。

可是克制在舌尖酒精的交融下一點點崩塌。

到後來，鄭書意被壓在沙發上，有些喘不過氣。

她本就酒勁上頭，又被他折磨得長時間呼吸不暢，感覺天花板都在轉。

於是，她用最後的力氣推了推時宴，「我有點受不了了……」

「接個吻就受不了了？」時宴的吻一點點碾過她的唇，流連至耳邊，輕聲說，「那以後怎麼辦？」

其實鄭書意只是覺得自己今天出了一身的汗，感覺很髒，有點不好意思進行這樣的親密接觸。

她雙手卻不安分地推搡著，彆彆扭扭地說：「我感覺好熱，我想去洗個澡。」

可惜她不知道，越是掙扎，越是會激起眼前男人的征服欲。

時宴一把抓住她的手，按在頭邊，沒有要放她走的意思。

越是親密，鄭書意就越是覺得自己怪髒的。

那怎麼行，她在男朋友眼裡必須是個香香的仙女。

但她掙了一下，完全沒有用。

時宴還在她耳邊說：「乖，忍一下。」

「忍什麼忍呀？我是個美女記者，又不是美女忍者。」

「……」

第二十九章　吃醋

鄭書意說完之後，不覺得有什麼不對，但撐在她身上的時宴不動了。

許久，他才沉沉地嘆了口氣。

這種時候被她破壞了氛圍，真的有點……遊走在崩潰的邊緣。

鄭書意迷迷糊糊地揮手，輕而易舉就推開了他。

時宴順勢坐到她旁邊，就眼睜睜地看著她半天沒爬起來，也沒出手相助。

鄭書意渾身有點軟，腦子裡也暈乎乎的，時宴沒幫她，她也沒惱，自己彎腰穿好鞋後，扶著牆往浴室走，「那我去洗澡啦。」

時宴坐在沙發上，目光隨著她的背影走動，有些無奈，卻不自覺地彎了彎唇角。

鄭書意這人喝了點酒，居然變得很溫順，也很講道理。

跟平時有點不一樣，像個正常人了。

但卻讓人有點不習慣。

想到這裡，時宴覺得，自己是不是有點受虐狂潛質。

他仰頭靠到沙發上，閉上眼小憩，手指卻不受控制般摸了摸自己的唇，試圖回味那還未完全消失的旖旎。

浴室裡很快傳來水聲，時宴複又睜開眼睛，看著浴室的方向，鬆了鬆領結。

鄭書意洗完澡，吹完頭髮，頭重腳輕的感覺好了點，但卻睏到快要睜不開眼睛。

她穿著睡衣慢慢走出來，時宴還在她家裡。

他就坐在沙發上，像是睡著一般安靜。

鄭書意頓了一下，慢慢靠近沙發，輕聲喊：「時宴？」

沒動靜。

鄭書意伸手戳了戳他的臉頰，「時宴？睡著啦？」

這人還是沒動靜，呼吸平靜綿長。

鄭書意站起來，薅了薅頭髮，「那您自便啊，我先睡了。」

說完，她一起身，就被抓住了手指。

緊接著他一用力，鄭書意便被拽了回來。

她知道時宴沒睡著的，只是有點累，到現在也沒睜開眼睛。

鄭書意坐到他旁邊，收著腿，雙手掖在膝蓋上，擺出一副公事公談的模樣。

「時宴，我今天喝了酒，想了很多，等一下話可能也有點多，你別嫌我煩啊。」

時宴「嗯」了一聲，「妳的話什麼時候少過？」

「……」鄭書意有點惱他這樣陰陽怪氣的，「跟你說正經話呢，看來你還是喝了酒比較可愛。」

時宴：「嗯，妳也是。」

「你什麼意思啊？」鄭書意完全不覺得時宴在誇獎他，「你覺得我平時不可愛？」

時宴睜開眼，神色放鬆，看都沒看身旁的人一眼，「也可愛。」

在鄭書意耳裡，這句「也可愛」就等於「那我昧著良心誇妳一句可愛行了吧？」

一臉冷漠地誇人，也只有時宴這樣了。

鄭書意真的越發懷念喝多的時宴。

而時宴沒等到下文，慢慢坐直了，揉了揉脖子，漫不經心地說：「妳說。」

鄭書意很睏，不想再浪費時間，於是切入正題，「洗澡前本來就想跟你說的，結果被你打斷……」

時宴屈起手肘，撐到鄭書意腦後的沙發上，半勾著唇角，笑得有些浪，「我打斷的？妳確定？」

鄭書意心虛，垂眸理了理頭髮，面不改色：「誰打斷的不重要，反正我就是想跟你說——」

她抬起頭，強撐著睡意，朦朧的眼裡映著溫柔的燈光。

時宴在這時候還調整一下坐姿，感覺屋子裡有些悶，正想站起來去開窗戶時。

「我是真的喜歡你的。」

「跟什麼劇本都無關。」

「雖然一開始我的目的確實不單純，這個你也知道的，我也不知道要怎麼做……」

「反正我現在是真的喜歡，你這個人。」

說完，鄭書意緊張地看著時宴。

這，算是她的正式告白吧，雖然有些語無倫次。

不知道時宴會怎麼回應。

時宴徐徐轉過頭，灼灼目光落在鄭書意臉上，是溫柔也是滾燙的。

恍惚間，鄭書意覺得這都不像他了。

然而他一開口，卻還是時宴，「哦？妳怎麼證明？」

鄭書意：「……這要怎麼證明？要我把心挖出來給你看看嗎？」

時宴似乎很認真的在思考。

鄭書意更緊張了，因為醉酒的緣故，看起來有點呆。

許久，時宴偏了偏頭，「如果有一天我破產了，妳會賺錢養我？」

他表情太正經，一點都不像開玩笑的樣子，搞得鄭書意不知道喝醉的是自己還是時宴，

「就這？」

「妳以為養我很簡單嗎？」時宴笑了笑，「我很不好養的，吃穿用度都不會將就。」

「……」鄭書意：「你是想吃軟飯的意思嗎？」

「嗯？」時宴抬了抬眉梢，「我腸胃不太好，吃吃軟飯怎麼了？」

「……」

沒得聊了。

「我跟你說正經的，你怎麼這麼幼稚。」鄭書意站了起來，滿臉的嫌棄，「我去睡了。」

時宴：「這麼早？」

「對啊，明天要上班，」鄭書意一步步往房間挪，「不然怎麼養你。」

「……」

見時宴沒有動靜，鄭書意真的進了房間，虛掩著門，鑽進了被窩。

過了許久，客廳裡終於傳來腳步聲。

時宴站在床邊，沉默地看著她。

鄭書意關了燈，只能借著窗外滲透進來的月光看清時宴的輪廓。

而他的雙眼在黑暗總依然很亮。

對視半晌，鄭書意緩緩拉起被子，遮住半張臉，「我……床小啊，睡不下兩個人的。」

時宴涼涼地看了她一眼，「我說了，吃穿用度我不就將。」

鄭書意：？

時宴：「睡不下這種粉色床單。」

鄭書意：「……」

她冷哼一聲，轉身背對他。

而後，時宴垂下頭，看著鄭書意的背影，月色影影綽綽，晃在她的身上，折射出的是她濃重的不安。

其實今晚她說的每一句話，都是壓在她心裡的石頭。

愧疚也好，不安也好，忐忑也好，一層層地包裹著她。

讓她今晚變得溫順的不是酒精，是這些情緒。

思前顧後，小心翼翼，這都不是時宴心裡的鄭書意。

平日裡的種種表現，不管她是演戲，還是發自內心的，都不像正常女人。

可是時宴喜歡，他很喜歡。

是男人對女人的那種，基於荷爾蒙的純粹喜歡。

——想撫摸，想親吻，想做盡男人和女人之間應該做的事情。

喜歡到心甘情願地被她牽著鼻子走，甚至在謊言戳破時還是沒能逃開她的枷鎖。

可是現在的鄭書意，開始對他一點點地流露出自己的真實情緒。

基於男歡女愛之上，有了更多的心疼。

大概真的是受虐狂，被欺騙的是他，可是他卻心疼鄭書意。

就連那些別人帶給她的不安全感，他也想一點點為她撫平，只能是他來為她撫平。

許久的沉默後，時宴終於開口。

「書意，」他知道鄭書意沒睡，也不等她回應，「那些事情，在我這裡早已經過了，所以在妳心裡，也都過了，明白嗎？」

鄭書意沒說話。

時宴俯身靠近了些，手臂撐在鄭書意身邊。

身影融進夜色，透過窗邊的落地窗，鄭書意直勾勾地看著他的輪廓。

「鄭書意，妳是我的女朋友，和別人無關，是我自己要的女朋友，沒有別的原因，沒有什麼劇本，和別的情侶沒有任何區別。」

床上終於傳出小小的聲音，「還是有區別的……」

鄭書意看著玻璃上模模糊糊的時宴，卻能清晰又深刻地感覺到他的存在，「別的男朋友不會叫女朋友全名。」

「……」

片刻後，鄭書意頰邊拂過熱氣。

時宴在她耳邊低聲說話。

「睡吧，意意。」

這座城市的深夜依然車水馬龍，一架架飛機閃著燈劃過長空，為濃黑的夜幕綴上星光。

時宴停在紅綠燈路口時，手機接連響了好幾聲，沒有停歇。

一般這種情況，都不是什麼好事。

他隨手滑開看了一眼，卻發現是那個說要睡覺的鄭書意傳來的十則語音。

時宴按了播放。

綠燈亮了，汽車再次啟動，鄭書意的聲音也在車廂內響起。

『深夜開車寂寞嗎？』

『書意電臺陪伴您。』

『這位聽眾想聽故事還是點歌呢？』

『我們電臺比較窮，只有一首歌可以播放。』

『乾脆由主持人親自為您唱吧。』

『咳咳，要開始了。』

——『難道我又我又初戀了——』

——『不可能我又我又初戀了——』

——『可是真的真的初戀了——』

——『這一種 feel——』

「……」

轉眼到了週五，清晨下了一陣小雨。

鄭書意把傘掛到公司陽臺瀝水，回來的時候，孔楠跟她使了個眼神。

「怎麼啦？」鄭書意一邊開電腦，一邊隨口問道。

「那個……」孔楠環顧四周，人雖然不多，但辦公室從來都不是密不透風的，她總感覺自己說什麼都會被傳出去，於是說道：「我傳訊息給妳。」

「幹什麼呀神神祕祕的？」鄭書意剛拿上手機，唐亦便走到她旁邊，敲了敲她的桌子，「妳來我辦公室一下。」

「哦，好的。」鄭書意立刻起身跟著唐亦過去。

關上門後，唐亦坐到辦公桌後，有些煩躁地脫了外套，「妳談戀愛了對吧？」

「是啊，」鄭書意點頭，「那天都跟妳說了，我不參加公司的聯誼哦。」

「哪那麼多聯誼我又不是開婚戀介紹所。」唐亦放下手機，斂了神色，鄭重道：「跟妳說個事。」

「首先說一下，我不是打探你隱私啊，但我們雖然是上下級，也這麼熟了，我平時也把妳當朋友的，前段時間妳狀態很不好，還在公司大哭了一場，那時候是失戀了吧？」

說起來有點丟人，但鄭書意沒否認，「嗯……算是吧……」

唐亦努努嘴，眼珠子四處看了一圈，才說：「現在又交男朋友了？」

「嗯。」

唐亦的臉色越發不好看了，「我跟妳明說了吧，這幾天有不少同事看見妳下班後上了妳男朋友的車，那是妳男朋友的車吧？」

這幾天她下班確實都坐的是時宴的車。

但他人只出現了一次，其他時候他沒空，都只是安排司機來接她回家而已。

鄭書意覺得怪高調的，所以每次都讓司機不用直接開到公司樓下，停到斜對面一個路口就好，她自己走過去。

但她沒想到，這樣的行為在有心人眼裡卻變成了刻意遮掩。

而現在看唐亦的表情，不用明說，鄭書意便已經有了猜測，「怎麼，公司有什麼傳言？」

「反正這種傳言也不是什麼稀奇事，」唐亦還先打了個鋪墊，「就是說妳交了個了不得的男朋友。」

鄭書意乾笑兩聲，「是啊，那又怎樣。」

她男朋友是挺了不得的。

問題在於當初手機裡秦時月說的那一聲「妳跟我舅舅在一起啦！」

秦時月的聲音，許雨靈並不陌生，她聽得出來。

而公司裡每個人都知道秦時月是個富二代，來這裡實習也是玩票的。

秦時月都二十幾歲了，舅舅不就五、六十歲了？

一開始她也疑惑，鄭書意不是跟時宴在一起嗎？怎麼又變成了秦時月的舅舅？

後來想想，可能換人了吧。

於是，這事一傳二，二傳三，漸漸就在公司的各個小群組裡流傳開來。

唐亦也是長了耳朵的，自然也聽說了一些。

其實這事就算是真的，這也是別人的私事，唐亦沒資格管。

但就像是她說的那樣，大家認識幾年了，平時也當做是朋友的，這種事情往深了想，絕對不是什麼值得宣揚的。

說好聽點，是找了個年紀大點的男朋友，說難聽點，誰知道人家有沒有老婆呢。

況且最近副主編的位子空著，卻不是懸而未決的狀態，大家都知道候選人是誰。

這種時候來點桃色緋聞，直接點燃了全公司的八卦欲望。

唐亦問：「交男朋友沒什麼的，只是聽說妳男朋友年齡挺大了？」

鄭書意：「……」

果然，她就知道。

唐亦問得委婉，但包含了太多資訊，傻子才會聽不出來。

一股悶氣上來，鄭書意「啪」一下把手機扔到辦公桌上，砸得辦公桌的腦袋瓜都嗡嗡嗡的響。

唐亦：「欸，妳別在這發火啊，妳就私下跟我說說，是不是真的？」

「我都說過多少次了，我要是有那種想法，何必等到今天？」

老的少的、高的矮的、醜的帥的、已婚的未婚的，接觸下來，她有過太多次機會。

若真想靠此翻身，她現在怎麼可能還在租房子住。

鄭書意氣笑，薅了薅頭髮，「而且我男朋友只是輩分高了一點，他見到唐主編妳還得叫一聲姐呢。」

唐亦：「……」

怎麼感覺突然被攻擊一下年齡。

總之鄭書意這麼說了，唐亦沒理由不相信，「行，妳的私事我不過問了，總歸也不是大事，是誤會就總會解開的，我們身正不怕影子斜啊。」

唐亦雖然這麼寬慰著，鄭書意走出辦公室時，還是很無語。

入行這些年，在各種桃色緋聞中，鄭書意早就看到了圈子裡一個隱形的跳板。

她們做財經女記者的，肚子裡沒點貨是寫不出文章的，更遑論和金融圈大佬們交流溝通。

而不少上位者就偏愛這樣的女人，有才華有學識，若是再有幾分姿色，那再好不過了。

既滿足了色欲，還能展現自己是個看重內涵的人。

這種事情出的多了，大家就見怪不怪了。

有的人乾脆扯下了臉面，借此一朝飛上枝頭，脫離了原本的生活。

而更多的人則是如履薄冰一般地工作，戰戰兢兢地保持著安全距離，生怕接觸過了界，到時候就算有十張嘴也抵不過別人的有色眼鏡。

但很多時候，甚至有些「懷才不遇」的男記者，自己沒那個本事，看見別的女同事手握一線資源，就酸溜溜地以蔑視的語氣說出「性別優勢」四個字。

「主編找妳說什麼了？」鄭書意剛回到工位，孔楠就湊了上來，「是不是說妳男朋友那事？」

鄭書意瞥她一眼：「妳也聽說了啊？怎麼不早點告訴我？」

「我也是今天早上進電梯的時候聽隔壁組兩個男的在哪講啊，不過——」孔楠拍了拍鄭書意的肩膀，「我一個字都不信。」

鄭書意挑挑眉：「這麼相信我？」

「我不是相信妳，」孔楠說，「我只是相信一個外貌協會的原則。」

鄭書意：「……」

孔楠：「除非那位大叔長成劉德華那樣。」

鄭書意：「……」

不知道為什麼，被孔楠這麼一打岔，鄭書意便消氣了。

或者說，本來她也沒有特別在意。

「所以妳男朋友到底是誰啊？」孔楠湊過來問，「是我們業內的嗎？」

鄭書意想了想：「算是吧，妳應該也聽說過他。」

孔楠：「誰啊？」

鄭書意：「時宴。」

孔楠：「……」

她晃了晃手指，「妳開玩笑的吧？」

「沒跟妳開玩笑，」鄭書意心疼地看著被自己摔過的手機，「妳要不信我現在當著妳的面打個電話給他？」

孔楠愣了好久，想起鄭書意確實做過時宴的專訪，也就沒那麼驚訝了，「我信，我信，我虔誠地相信。」

鄭書意半趴著，打了個哈欠。

她沒想過大肆宣揚自己男朋友是誰，但不願意遮遮掩掩，搞得時宴像是見不得人似的。

在滋生緋聞的培養皿裡，奮力為自己辯解往往是個閉環，還不如像唐亦說的那句「身正不怕影子歪」有用。

否則就等於被有心人牽著鼻子走，自己跳進坑裡，她已經見過過太多這樣的例子。

相安無事地過了一天。

下午，鄭書意休息的時候，撐著下巴，傳了個訊息給時宴。

鄭書意：『週末了，不知道時總今晚有沒有空呢？』

仔細算起來，他們還沒正式的約會過呢。

時宴：『沒空。』

鄭書意：「……」

無趣的人生。

鄭書意：『那你要幹什麼？』

時宴：『要陪女朋友。』

孔楠見鄭書意對著手機一陣傻笑，嫌惡地皺眉，悄悄把椅子挪遠了點。

一到下班的點，鄭書意很反常地立刻收拾東西準備離開。

可惜走到門口卻又被財務部的一個女生叫了回來。

她之前去美國出差的報銷還沒下來，貼的發票出了些問題，要重新核對。

這一耽誤就是半個多小時。

時宴的車在樓下的停車位特別好認，鄭書意站在一樓大廳，對著門理了理衣服，才一步步走過去。

雖然她內心很雀躍，但力求走出端莊的步伐。

車門打開，後座卻是空的，「人呢？」

司機也不太清楚，剛剛時宴下車的時候也沒跟他彙報啊。

鄭書意便沒上車，站在車門邊打電話給時宴。

下午落過一場雨，空氣裡還帶著潮濕的春意，合著樹梢的零落花瓣慢悠悠地墜到鄭書意肩上。

等待時宴接通的間隙，鄭書意一片片地拈掉衣服上的落英，捏在指尖。
她只是看著著春景，滿眼便有藏不住的笑意。
輕輕一吹，指尖的花瓣像蝴蝶一樣撲騰起來。
時宴接通電話後，她瞇眼笑著，一邊彎腰探進車裡，一邊說：「你在哪裡呀？」
聲音甜甜的，但她卻在往車座底下看。
大概是戲癮上來了，鄭書意還掀了掀車墊，做出一副尋找的樣子，「我男朋友去哪了呀？可讓我好找啊。」
然後又揭開車座中間的扶手箱看了一眼，「哎呀，這裡也沒有。」
「……」
時宴站在她身後，握著手機，突然產生了一股想掉頭就走的衝動。
昭昭之宇下，時宴沒能真的掉頭就走。
他竟然就站在鄭書意身後，眼睜睜看著她翻箱倒櫃找完了「男朋友」，才嘆了口氣。
當初在行業盛典上一眼就給他留下深刻印象的人，怎麼是這個樣子的。
身後突然冒出人的氣息，雖然很熟悉，但鄭書意還是被他小小地嚇了一跳。
她雙手扒著車門回頭，有些震驚地看著時宴。
好像這人沒從扶手盒裡鑽出來，她還挺驚訝。

「你怎麼在這？」

時宴沉著臉，看了扶手盒一眼：「不然我應該在那裡面？」

鄭書意：「……」

「妳男朋友找到了，還站在這幹什麼？」

時宴抓住她的小臂，往車裡一塞，然後關上門，繞到另一邊上車。

關上車門，汽車發動上路後，鄭書意也坐穩了。

然後後知後覺地感到有點丟臉。

自娛自樂被他看了個全程，還不買票。

「你站在人身後怎麼不出聲呢？」

時宴和她之間只隔著一個扶手盒，但卻像隔了一個精神病院。

他看了鄭書意一眼，面色平靜地說：「中途打斷表演是對演員的不尊重，基本的觀影禮儀我還是懂的。」

鄭書意：「……」

時宴抬了抬眉梢，「沒看過話劇嗎？」

「沒看過。」鄭書意挪到邊上，緊緊貼著車窗，扭頭看外面，硬著頭皮說，「我沒那個情操。」

時宴沒再說話，只是輕笑了一聲。

沉默了一陣子後，鄭書意突然回頭，「你剛剛到底去哪了？」

時宴無奈地看了她一眼，指了指自己手邊的一個小紙袋子。

剛剛的獨角戲被突然撞破，導致鄭書意沒注意到時宴手裡拎著一個小紙袋。

現在她仔細看了看，袋子上面是她熟悉的那家咖啡店的標誌，「買給我的？」

不等時宴回答，她已經俯身過去撈走了袋子，裡面是一杯熱可可。

時宴點了點頭，「嗯。」

鄭書意捧著杯子笑，「哎呀，你真是太懂我了，你怎麼知道我喜歡喝這個？」

時宴：「有多喜歡？」

「……」鄭書意有點接不上話。

她其實也就是客套客套，想給時宴洗腦出他們心有靈犀的效果而已。

「喜歡到就算你把我賣了但只要你給我買這個我就立馬原諒你。」

「……」

那倒也不至於。

時宴只是在等鄭書意的時候，看見路邊咖啡店陸陸續續走出來的男男女女手裡都捧著一個杯子。

當時心念一動，時宴甚至都沒跟司機交代一聲便下了車。

直到從咖啡店出來，他看著自己手裡的熱可可，有片刻的失神。

其實他在生活上並不是一個細心的人，很多細枝末節的事情從來不放在心上。

即便對親人也甚少有體貼的行為。

可是他跟鄭書意接觸的時間算不上長，卻會產生這種下意識的小行為。

她似乎有一種天生的魔力，在神不知鬼不覺中，把他從那個淡漠的高臺上一點點拽進人間煙火裡。

鄭書意完全沒注意到時宴在想什麼，她的眼睛停不下來，四處張望著，並自己插上吸管安靜地喝了起來。

幾口下肚後，她才想起什麼，回頭把熱可可遞到時宴嘴邊，「你要喝嗎？」

時宴：「不喝。」

雖然知道是這個答案，但鄭書意還是忍不住翻了個白眼。

她靠著窗，慢悠悠地喝了幾口後，隨手把杯子放到杯架裡。

然後，她瞄了時宴兩眼，「下次我們不坐這個車行不行？」

「嗯？」時宴淡淡地應著她，「為什麼？」

鄭書意沒說話，垂頭看著她和時間中間的扶手盒。

這輛車什麼都好，可惜就是後排只有兩座。

中央扶手區有冰箱，有杯架，舒適又方便。

可惜鄭書意現在看這扶手區，怎麼看怎麼像隔開牛郎織女的天河。

她撇了撇嘴，悶悶地說：「沒什麼，我不喜歡這輛車。」

時宴順著她的目光看向扶手區，又瞥見她悶悶不樂的表情，倏地笑了笑，「但我喜歡這輛車。」

「……」鄭書意別開臉，「嗯，看出來你很喜歡了，把這車娶回家當老婆吧。」

話是這麼說，她卻把手放在杯架上，正面朝上，靠著那杯熱可可，幾根手指不安分地朝裡勾，很明顯的暗示了。

空氣裡浮動著細碎的小雀躍，隨著她動來動去的手指在時宴眼前晃。

他的嘴角被她的小動作牽引著不受控制地上揚。

時宴目視前方，徐徐抬起手來，指尖觸碰到鄭書意掌心那一刻，她眼睛彎了起來。

然而下一秒，時宴的手滑過，端走了熱可可。

鄭書意：「……」

她猛地回頭，看見時宴的喉結輕輕滾動，極慢地喝著她的熱可可，嘴角還掛著笑。

「……」知道被他耍了，鄭書意訕訕收回手，扭頭盯著車窗，冷聲冷氣地嘀咕：「你不是不喝嗎？」

時宴只喝了一口便放下，他側頭看著鄭書意的背影，伸手去牽她的手。

鄭書意很有骨氣地抽開，「過了這個村就沒有這個店了。」

旁邊的人沒有說話。

但是當手第二次被握住的時候，她沒有再假惺惺地掙脫。

因為他在牽住她的那一瞬間，手指順勢穿過她的指縫，緊緊扣住。

鄭書意發現，他似乎很喜歡十指相扣。

時宴扣著她的手，越過扶手盒，放到自己腿上，依然沒有說什麼。

過了一下子，鄭書意突然感覺自己的手腕有一股冰冰涼涼的感覺。

她回過頭，看見時宴低著頭，慢而細緻地往她手上戴了一條手鏈。

鄭書意：「這是什麼？」

時宴沒有說話。

他垂著眼，修長的手指擺弄著她的手腕。

很顯然，他不太會做這種事情，S扣的使用也是個細緻活。

時宴無聲地弄了好一陣子，鄭書意就安靜地看著他。

四周似乎越來越靜謐，連窗外的噪音都消失。

而鄭書意聽到心跳聲在耳邊一點點放大。

她想，這個男人曾經離她很遙遠，根本不在同一個世界裡。

他總是站在高處，處在她需要仰望才能看見的地方。

而現在他卻低著頭，用盡了細緻和耐心，為她戴上一條手鏈。

戴好後，時宴抬著鄭書意的掌心，細細地打量。

銀色的米字花瓦片鏈上綴著幾顆星形粉水晶，襯得鄭書意的手腕越發白皙纖細。

水晶的亮光投射在他眼裡，眸光倏忽閃動時，他的手指再次交纏著鄭書意的手指，一寸寸地摩挲撫摸。

指腹的觸碰雖然溫柔，骨節處卻泛出隱約的白色。

只是看著一隻手，鄭書意卻感覺他那眼神像是在看什麼似的……

不自覺有有點臉紅。

她移開視線，不再看時宴的雙眼，「這是什麼呀？」

時宴抬起頭，這才回答鄭書意的問題，「補給妳的情人節禮物。」

雖然大概已經猜到了，但是親耳聽到他這麼說，鄭書意還是很欣喜。

她努力讓自己表現出一副淡定的樣子，「才補一個情人節禮物呀？」

鄭書意這句話的重點在「情人節」上。

她想著，不只是之前的情人節應該一起過，元旦、耶誕節，但凡他那時別那麼端著，他們都應該是一起度過的。

可惜時宴好像把這句話的重點理解到了數字上。

具體表現在，鄭書意第二天大清早就收到了七份禮物。

她一一打開，擺放在茶几，有點茫然。

有一隻手鐲、三條項鍊、兩副耳環，還有一根腳鏈。

鄭書意把那條精緻的水波扭紋腳鏈拎起來，愣怔地看著，另一隻手撥通時宴的電話。

「你幹什麼呀？」她眨了眨眼睛，「想開首飾店啊？」

『補給妳的，』電話那頭，時宴一字一句道，『每一年的情人節禮物。』

即便沒有完全明白時宴的意思，也不妨礙鄭書意高興。

她餘光掃到鏡子，看見了自己泛紅的臉頰。

「那為什麼是補了七份呀？」

時宴：『從妳十八歲算起的每一年。』

倏地一下，心裡有一簇煙花綻放，滾燙又絢爛的焰火充斥了整個胸腔。

鄭書意暈頭轉向地倒到沙發上，抓了一個抱枕塞到懷裡，緊緊抱住，以緩解過度的喜悅帶來的肢體興奮感。

她沒話找話：「那為什麼是十八歲？」
時宴：『我對未成年人沒興趣。』
與他的回答無關，鄭書意今天單純就是很開心，躺在沙發上無聲地笑了起來。
她看著天花板，明明沒開燈，眼裡卻綴滿了星光。
時宴今天的行為很是不講道理，透著他一貫的驕橫作風，卻讓鄭書意產生了一種感覺。
——她的初戀，完完整整的初戀，都是他的。
鄭書意沉浸在她的喜悅中，沒有說話，電話裡只有她淺淺的呼吸聲。
時宴那邊忙著，但也沒掛電話。
鄭書意偶爾能聽到一些翻動文件的聲音。
這通電話就一直維持了好幾分鐘，時宴看完了一份報告，像是對身邊的人說話一般，自然地對著手機問：『今晚想吃什麼？』
「火鍋，」鄭書意想都沒想就回答，「就是我們上次去過那家火鍋。」
時宴：『好。』
頓了頓，鄭書意突然坐了起來，「算了，你不是腸胃不好嗎？」
『沒那麼嚴重。』時宴隨意地說道，『妳想吃就去吃。』
「算了算了，我們去吃九味吧。」

『嗯。』

鄭書意很久沒去九味了。

主要是想到岳星洲也挺喜歡來這家的，萬一冷不防就遇到了，挺敗興致的。

但現在，她從到頭尾的釋然了，這個人已經不在她生活中的任何考量裡。

傍晚，九味依然人滿為患。

廚師就那麼幾個，大堂裡有一半的客人都對著空桌子在等候上菜。

鄭書意和時宴相鄰坐著，等了十幾分鐘，喝了兩杯水，懨懨地說：「我去一趟洗手間。」

「嗯。」時宴點點頭。

然而她剛走沒兩分鐘，時宴就遭到飛來橫禍。

一個女生端著一碟醋，踩著高跟鞋，正經過時宴身旁，突然扭了一下，那黑乎乎的醋就全都灑到了時宴的外套上。

刺鼻的酸味瞬間彌漫。

「啊！對不起對不起！」女生立刻連連道歉，但看清時宴的那一刻，她愣了愣，聲音陡然變柔，「實、實在不好意思，我剛剛沒站穩，沒撞到您吧？」

時宴擰眉，看著自己衣服上的一大片污漬，眼裡的躁意與凜冽裹挾而來，連掩飾都欠奉，「沒。」

女生半彎著腰，抿了抿唇，又說：「您衣服髒了，要不然我幫你拿去洗了吧？實在是對不起啊。」

話音剛落，她便看見時宴脫了外套，隨意地丟在一旁的凳子上。

「沒關係，不用。」

雖然沒直接往地上扔，但女生能感覺到這件衣服他不想要了。

「要不然我賠您一件吧。」女生行動力很強，立刻拿出手機，「我們加一下好友，我賠您一件吧，真的不好意思。」

她期待地看著時宴，卻完全沒注意到自己身後站了一個人。

時宴抬了抬眼，神色倏然鬆動，連眼神都柔了下來。

他再次拒絕道：「不用了。」

可是女生看見時宴的表情變化，完全會錯了意，更是鐵定了心要加好友。

「我一定要賠的，不然我過意不去，今晚都睡不著覺的。」

鄭書意聽到這句話快氣炸了。

哪裡是因為過意不去而睡不著覺，分明是見色起意！

她氣鼓鼓地站在哪裡，眼裡就像噴著火一般看著那女生。

可人家渾然不覺，還在孜孜不倦地要帳號，「剛剛真的不好意思，我知道這衣服多半也洗不了了，這樣吧，我明天就去買新的，您給我留一個電話也行。」

「我說了，不用賠。」時宴的神色雖然柔和，語氣卻冷到了西伯利亞，「如果妳非要站在這裡，可以麻煩換個位置嗎？」

他朝她身後抬了抬下巴，「妳擋著我女朋友很久了。」

「……」

女生突然瞪大了眼睛，一回頭，果然看見了黑臉的鄭書意。

她臉上一陣青一陣白，心知自己剛剛的行為意圖太過明顯，忙不迭走開了。

鄭書意一屁股坐下來，滿臉寫著不高興。

她看了那個女生一眼，氣呼呼地蹙緊了眉，再去看時宴的衣服，更不爽了。

「你幹嘛不讓她陪？」她語氣挺衝，「那麼貴的衣服，她要賠你就讓她賠啊。」

時宴盯著她看，非但沒有剛剛的怒意，眼裡反而有些笑意。

他輕聲說道：「書意。」

鄭書意語氣冰冷：「幹什麼？」

時宴偏了偏頭，目光在她臉上細細掃過，不急不緩地說：「雖然妳吃醋的樣子很可愛。」

鄭書意冷哼了一聲：「誰說我——」

「但我不捨得讓妳吃醋。」

第三十章　同居

大多數情況下，看著戀人為自己吃無關痛癢的小醋，其實算得上一種小情趣。

在平淡的生活裡，這似乎是對方在乎自己的最好的證明，在醋意中能嚐到特殊的甜蜜，所以總有人樂此不疲。

可是時宴不願意。

就算這是一件連誤會都算不上的小事，可是那一瞬間的委屈，過程中蔓延的酸澀，他一點也不想讓鄭書意體驗。

大概是因為，他太瞭解那種感覺。

而鄭書意自然沒有想那麼多，她聽到時宴這麼說，心裡那股蹭蹭直往外冒的火氣頓時煙消雲散，化作涓涓流入心底的蜜意。

「你不要胡說八道，誰吃醋了，」鄭書意嘴角止不住地往上揚，卻還嘴硬，「我就是心疼你的衣服，多貴多好看啊，就這麼白白被人毀了。」

時宴看了她一眼，剛想說什麼，他放在桌上的手機突然響了起來。

時宴看了來電顯示一眼便接了起來。

電話是宋樂嵐打來的，『你在幹什麼呢？』

時宴：「吃飯。」

宋樂嵐：『在家吃嗎？』

時宴：「在外面。」

宋樂嵐『哦』了一聲，『跟月月一起吃飯？』

時宴：「沒跟她在一起。」

宋樂嵐：『那你知不知道她去哪了？家裡沒人，訊息也不回。』

時宴：「不太清楚。」

習慣了時宴能說兩個字就絕不說三個字的風格，宋樂嵐自顧自地喃喃念：『每天見不到人影，正事不做，天上倒都是她的腳印，也不知道又跑哪去了。』

宋樂嵐說話的時候，正好上了菜。

鄭書意拿筷子攪拌著麵條，時不時看時宴兩眼。

聽他接這通電話的神態語氣，似乎是在跟家裡人說話，也完全沒在意面前的麵條。

於是鄭書意把他面前的碗托了過來，拿筷子幫他拌勻。

而電話那頭，宋樂嵐聽到時宴這邊環境有點吵，便問：『你跟誰一起啊？』

時宴的表情終於有了一絲變化，他看了兢兢業業拌麵的鄭書意一眼，嗓音柔了許多，「女朋友。」

聞言，鄭書意的手頓了一下，微微抬起頭，小聲問道：「你跟誰打電話呀？」

時宴突然想到什麼，盯著她的眼睛，笑著說道：「我姐。」

「哦哦。」鄭書意點點頭，「知道了，你說你們的，不用管我。」

話音落下，時宴卻把手機支到她面前，「要不要打個招呼？」

鄭書意一臉驚恐，立刻把頭搖得像撥浪鼓，放下筷子連連擺手，卻不說一個字。

「不要啊？」時宴還是笑著，「妳不想跟我姐姐打個招呼？」

「噓！」鄭書意擰著眉，食指抵在嘴前，示意他趕緊閉嘴。

什麼動不動就跟他親姐打招呼，她一點心理準備都沒有。

而他還大搖大擺地對著電話這麼問，萬一姐姐聽見她不願意打招呼，還以為她多高傲呢。

天知道她只是緊張。

打了個岔，時宴重新跟宋樂嵐說上話時，鄭書意默默地吃著麵，一句話都沒說。

直到掛了電話，她才問道：「對了，你姐姐……我好像都沒怎麼聽說過，也沒見過，她不在你們那邊工作嗎？」

「嗯。」時宴埋頭的時候，忍不住輕笑了一聲。

鄭書意：「你笑什麼？」

「沒什麼。」時宴淡淡地說，「她比較低調。」

「哦。」

鄭書意心想，也是。

雖然她不熱衷於別人家長里短的八卦，但時宴他們這種家庭成員之間幾乎都有很大的利益牽扯。

偶爾哪家夫妻出現關係變動，往往就涉及都其背後的資產糾紛，所以這些關係很難不受媒體關注。

而時家卻是個特例。

他們的家庭關係很簡單，眾人所接觸的便只有時文光、秦孝明和時宴這三個男人。時宴的母親去世得早，這個大家也都知道。

而秦孝明作為女婿日常出席各種活動，其妻子倒是神隱在媒體的視線裡，連正式的宴會都不曾現身。

也曾有人試圖去挖掘時文光大女兒的消息，但人家根本不出現在公眾視野裡，一點蛛絲馬跡也找不到。

曾經有人開過玩笑，說時懷曼這個人就是個虛擬人物。

久而久之，大家也都默認，這位時懷曼大概是個深居淺出的闊太太，平時就喝喝茶種種花，沒有任何可關注的價值。

「要不是你剛剛接電話，我都快忘了你還有個姐姐。」鄭書意說，「她也太低調了吧。」

「嗯。」時宴認下了她的說法，「那妳改天要不要見見她？」

「……」鄭書意一口麵條半天沒咽下去，有點期待，卻也更緊張，「那、那也行，不過不著急吧，我準備準備。」

「嗯。」時宴點點頭，「妳不著急，慢慢準備。」

雖然嘴上說著不著急，不過回去的路上，鄭書意的話題就沒離開過他的姐姐。

「那你姐姐沒在你們公司裡工作，平時都做什麼啊？」

車窗隙著一條縫，微涼的夜風吹進來，拂起時宴額前幾縷頭髮。

他的心情似乎特別好，嘴邊始終掛著若有若無的笑意，連語氣都比平時輕鬆了許多，「她啊，就每天唱唱歌跳跳舞，沒什麼別的事。」

「哦，可真舒服啊。」鄭書意聽著還有些羨慕，「那她跟你長得像嗎？」

「我們啊……」時宴眯著眼睛，澈底笑開了，「挺像的。」

「真的啊？」鄭書意見他一提起姐姐就滿臉笑意，覺得他跟姐姐感情一定非常非常好，便更好奇了，「那你給我看看照片嘛，我有點好奇。」

時宴雖然抿著唇，眼裡卻在笑，只是沒回答鄭書意的話。

鄭書意便直接朝中控臺伸手拿手機，「我看看我看看。」

「別動。」時宴突然空出一隻手抓住她，「我沒有她的照片。」

鄭書意不信：「你騙鬼呢？」

「真的。」時宴輕而易舉就從她手裡拿回了自己的手機，解了鎖，又遞過來，「不信妳自己翻。」

鄭書意不可能真的翻他手機，於是冷哼一聲，別看臉看窗外，「不給看就算了，反正早晚要見到。」

「嗯。」

鄭書意覺得時宴今晚特別反常，鼻腔裡的一聲「嗯」竟然也帶著笑意。

「你怎麼回事啊？」鄭書意轉過頭，好奇地看著他，「誰讓你這麼開心了？」

時宴沒看她，注意著面前的紅綠燈，卻面不改色地說：「當然是妳，還能有誰？」

「……」

怎麼突然說起情話了。

鄭書意挺不好意思的，扭扭捏捏地理了理頭髮，又做作地清了清嗓子，「我隨便跟你說說話你都這麼開心，那我要是……」

她說著說著，突然沒聲了。

「妳要是什麼？」時宴停在紅綠燈旁，直勾勾地看著她的側臉，「嗯？」

「沒什麼。」鄭書意垂著眼睛笑，作出一副什麼都不知道的表情，「你好好開車，別看我。」

可時宴的眼神卻黏在她臉上，帶著一絲絲熱意，寸寸輾轉於她的臉頰，燎起一片紅暈。

晚風停滯，車內氣溫無聲無息地上升。

鄭書意知道時宴在看她，卻沒抬頭，手指不安分地在腿上輕敲跳躍。

她覺得時宴這個人很奇怪，明明沒有肢體接觸，但一個眼神就會讓她覺得兩人好像做著多親密的事情一樣。

直到後面有車鳴笛，時宴終於徐徐收回目光。

那一刻，縈繞在鄭書意周身的嫋嫋熱意才散去。

與此同時，鄭書意的手機響了起來。

鄭書意看著來電顯示，愣了片刻。

時宴一瞥眼，便看見上面「喻遊」兩個字。

知道他看見了，鄭書意怕他又莫名其妙吃飛醋，於是直接開了擴音，「喂？」

喻遊沒說別的，開門見山道：『妳現在有空嗎？』

鄭書意偷瞄了時宴一眼，見他神色正常，才說道：「還行，怎麼了？」

『是關於妳的朋友秦時月。』喻遊不急不緩道，『她剛剛有聯絡妳嗎？』

鄭書意：「秦時月？沒有啊。」

電話那頭頓了片刻，隨即，喻遊笑道：『她剛剛聯絡我，說她在禦瀾山迷路了，荒郊野嶺的也叫不到車，讓我去救她。』

是的，沒錯，秦時月用了「救」這個字。

鄭書意：「……」

喻遊接著說：『雖然我不是很相信，而且我也不在江城。但是為了以防萬一，還是想跟妳說一聲。』

他笑了笑，『沒想到，果然是這樣。』

鄭書意：「……」

沉默了許久，她才說：「嗯，我知道了。」

掛了電話後，鄭書意去看時宴。

他果然沉著臉，「打電話給她。」

鄭書意老老實實地打了過去。

看見是鄭書意的來電，秦時月開開心心地接了起來，『書意姐，找我幹什麼呀？』

「妳在哪裡？」

聽到的卻是時宴的聲音，秦時月渾身一激靈，連聲音都變了，『我、我在禦瀾山啊。』

時宴：「妳很閒，是嗎？」

秦時月：『……』

鄭書意全程就是個工具人，時宴只說了這兩句話，然後抬手掛了這通電話。

而車行駛的方向，依然是鄭書意的家。

「你真的不管她啊？」鄭書意問，「禦瀾山確實很偏僻，這麼晚了她要是真的有什麼危險怎麼辦？」

時宴掛電話的時候雖然看起來很冷漠，但此時的聲音卻很平淡：「妳以為她去禦瀾山探險的？那上面有關叔叔家的果園，她是去摘果子的。」

鄭書意：「……」

時宴：「大把人伺候著，就算迷路也是在別墅裡迷路。」

鄭書意：「……」

雖然秦時月是時宴的外甥女。

但此刻，鄭書意卻真情實感地因為她，感覺自己在喻遊那裡很沒面子。

車裡安靜了許久，鄭書意才訕訕開口：「那你的親外甥女可真是……足智多謀啊。」

時宴輕飄飄地「嗯」了一聲，「多虧小舅媽傾囊相授的良策。」

鄭書意：「……」

不知是因為那句「小舅媽」讓心底輕顫，還是他話裡帶的揶揄使鄭書意語塞。

總之，她沉默了很久。

久到時宴以為這個話題就此打住時，卻聽見她理直氣壯中帶點忿忿的聲音。

「我又沒有教她什麼，而且管它什麼良策下策，能把人搞到手，就是好策。」

時宴勾唇，「嗯，妳說得對。」

時宴在鄭書意面前雖然把秦時月的事情輕輕帶過，但並不代表他就真的置之不理。

秦時月幹出這麼丟人的事，他沒道理就這麼放任。

而他的解決辦法也很簡單粗暴。

週一中午，鄭書意剛吃完飯，就收到了秦時月的哭訴。

秦時月：『無語，太無語！』

秦時月：『我小舅舅說我成天太閒了，礙他眼，非要我去工作！』

秦時月：『我哪裡礙他眼了真是！就每週回外公家一起吃飯，平時都見不到！』

鄭書意悠哉地站到陽臺上，一邊喝著熱飲，一邊打字。

鄭書意：『回雜誌社工作嗎？』

秦時月：『對啊，他還叫我跟著妳多學習。』

秦時月：『明知道我不是這塊料！我想他現在大概覺得財經記者是最好的職業吧（微

笑）。』

鄭書意笑了笑，從時宴那裡得到認可的感覺出乎意料地好。

然而她還沒高興完，秦時月又補了一句：『不過他還專門強調，跟著妳學好的，別學壞的。』

鄭書意的笑意戛然而止。

鄭書意：『我哪裡不好了？妳讓他說清楚（微笑）。』

過了一下子。

秦時月：『他說，妳自己心裡沒數嗎？』

鄭書意：『不好意思，我沒數。』

鄭書意：『妳去問清楚，讓他今天必須給我說出個一二三來。』

秦時月：『……』

秦時月：『你們是互刪了嗎？』

秦時月：『自己問！』

鄭書意退出秦時月的聊天，正要去騷擾時宴時，孔楠用訊息問她：『妳在哪？』

鄭書意：『陽臺啊。』

孔楠：『給妳看個東西。』

孔楠：『這兩天我閒著沒事去套了套話，還真讓我套出點東西來了。』

緊接著，她傳來了一張圖片。

這是一張小群組聊天的截圖，最上面的群組名被截掉了，而內容則是許雨靈說的幾句話。

許雨靈：『你們猜我今天聽到什麼了？』

許雨靈：『之前那個實習生秦時月你們還記得吧？鄭書意跟她舅舅在一起了。』

底下幾個人都發出了一連串問號。

許雨靈：『要不是親耳聽到秦時月這麼說，我也不敢相信。』

許雨靈：『服了，真的服了，怪不得最近她的資源跟開了掛似的。』

許雨靈：『不過一個二十多歲女生的舅舅，那年齡大概也跟我爸差不多了。』

許雨靈：『果然啊，捨不得孩子套不住狼，一般人是豁不出去的。』

截圖上面還有準確的時間。

鄭書意：「……」

鄭書意：『妳上哪拿到的這東西？』

孔楠：『這還不容易？最近風向吹得還不夠明顯嗎？我隨便那麼打探了一下，闞瑋藝就悄悄跟我透露了。』

這點鄭書意倒是不詫異。

之前大家就認為她對副主編的位子勢在必得，而最近總編和主編的各種行為口風也證實了這個跡象。

再加上她開年後出了美國那位金融學家的專訪，又有銘豫雲創ＩＰＯ的獨家跟蹤報告，但凡眼力正常的人，都清楚她和許雨靈的較量已經分出了勝負。

甚至不需要孔楠專門去打聽，其實已經有人蠢蠢欲動想要通風報信，只不過沒找到合適的機會而已。

鄭書意震驚的是這傳聞居然是這樣來的？

她原本以為起因是時宴安排車來接她，被不少同事看見過，所以才傳歪了。

而捕風捉影的事情找不到源頭，就沒辦法精準反駁，所以她暫時擱置著。

但如今知道源頭是許雨靈的惡意揣測加引導，鄭書意如果再置之不理，那許雨靈還就真不把她當記者而是當忍者了。

沒再回孔楠消息，鄭書意放下杯子，直奔許雨靈的座位。

她人不在。

鄭書意便找了她旁邊的人問：「許雨靈呢？」

女生忙著工作，隨口說道：「好像去茶水間了。」

鄭書意往茶水間走去，卻沒看見許雨靈。

她又去洗手間看了一圈，也沒人。

但是出來時，卻隱隱約約聽到了消防通道傳來的人聲。

消防通道安裝的是常閉式消防門，不僅非常重，自動復位功能強悍，鄭書意費了好大力氣才推開一條縫，她懶得再推，直接側著身子擠了進去。

這動靜驚動了許雨靈，她回頭發現來人是鄭書意，立即掛了電話。

然後像往常一樣，和氣地笑著說：「妳找我呀？有事嗎？」

鄭書意正了正衣襟，才開口道：「也沒什麼大事，就是跟妳聊一聊我男朋友的事情。」

許雨靈臉色微變，朝牆邊退了一步，卻還是笑著：「嗯？妳男朋友怎麼了？」

鄭書意：「怎麼，妳不知道我男朋友的事嗎？」

許雨靈一副迷茫的樣子：「我不知道呀。」

鄭書意沉下臉，冷聲道：「妳不知道我男朋友，那妳還亂傳？」

許雨靈呼吸突然一窒，腦子裡嗡了一下，卻還下意識否認：「妳別胡說啊？我都沒見過妳男朋友我亂傳什麼了？」

「是啊，可不就是因為妳沒見過我男朋友嘛，然後自己幻想了一堆，說我找了個老頭子？」鄭書意兩步逼近，突然厲聲，「許雨靈，本來大家共事在同個組，有利益競爭是正常的，但我自認從沒用過任何見不得光的手段，而妳呢？抄我提綱，搶我採訪，現在還造謠壞我名聲，有至於這樣嗎？是不是以為沒了我妳就飛黃騰達了？可是我看以前我沒進來的時候妳也不見得有多風光啊，還是妳就是單純嫉妒我？」

鄭書意一段話說出來，全直戳要害，把許雨靈心裡的陰暗處挑了出來，特別是最後一句「嫉妒」，完全踩在了她的痛點上。

她臉上一陣脹紅，心虛到極致，已經無心再裝和諧，只能用強硬的態度來撐住局面。

於是許雨靈昂了昂下巴，也抬高了聲音，「妳別長了一張嘴就給我潑髒水，誰造謠了？人人都在傳妳的事，妳憑什麼說是我說的？對，我們是有過節，但我沒做過的事情妳休想扣在我身上！」

「嗯，妳沒做過，」鄭書意拿出手機，將那張圖上的內容念了出來：「你們猜我今天聽到什麼了？之前那個實習生秦時月你們還記得吧？鄭書意跟她舅舅在一起了……」

剛念到這裡，許雨靈瞪大了眼睛，什麼都清楚了。

她被人賣了，這都是板上釘釘的證據。

理智被恐慌全面席捲，許雨靈下意識就去搶鄭書意的手機。

鄭書意立刻舉高手，看了她一眼，然後把手機往她面前塞，「來，妳搶，最好搶了再給我砸了。」

見許雨靈胸口劇烈起伏，怒目盯著她的手機，鄭書意不可置信地看著她：「有時候真的很懷疑妳到底有沒有腦子，都什麼年代了，還以為砸個手機就能毀證據？」

雖然至今鄭書意也不稀罕跟許雨靈解釋自己男朋友到底是誰，但在許雨靈眼裡，不管鄭書意是不是找了個老頭子，總之一定是有個有錢有權的人。

她心知自己得罪不起，可現在她處於激動狀態，一時間也不知道該怎麼辦。

而鄭書意也不給她緩衝想對策的時間。

「怎麼，在想怎麼狡辯呢？」鄭書意收了手機，逼視著她，「風風雨雨傳了這麼久，總該給我個交代吧？」

「交代」兩字，充斥著咄咄逼人的意思，許雨靈即便不確定鄭書意的男朋友到底是誰，也覺得她定會搬出自己身後這座大山來報復她。

一想到這點，許雨靈已經慌張到失去理智。

人在極度害怕的時候，第一個反應就是躲。

於是許雨靈一把推開堵在她面前的鄭書意，「我不知道妳在說什麼！」

她說完，立刻兩三步上前拉開消防門就想走。

「妳跑什麼！」鄭書意不想到眾人面前和她撕破臉，於是立刻去攔她。

當她手扒住門要追出來的時候，許雨靈更驚慌，一心只想著走，什麼都不顧了，鬆手就拔腿。

門重重回彈的那一刻，消防通道突然響起鄭書意的尖叫聲。

許雨靈還在往前走，兩、三秒後，意識清醒，她轉身兩、三步走回去。

拉開消防門一條縫，看見鄭書意的右手在顫抖，臉色蒼白，眼淚像斷了線一樣往下掉。

從醫院出來，已經過了三個小時。

孔楠手裡拎著醫生開的膏藥，另一隻開了一瓶礦泉水，遞給鄭書意，「喝點吧。」

「不想喝。」鄭書意看見自己包紮得像熊掌一樣的手指，哭喪著一張臉，「妳說我的手萬一沒恢復原樣怎麼辦？好醜啊。」

「不會的，醫生都說了，妳就放心吧。」孔楠雖然氣不打一處來，卻也覺得鄭書意走運。

不然那麼重的消防門壓下來，真倒楣的，早就骨折了。

而她只是傷了三根手指的甲床，清創之後，注意一下別感染，以後不會有什麼影響。

鄭書意垂著頭沒說話。

之前門壓下來的時候，她疼得眼冒金星，甚至以為自己的手指要斷在那了。

隨即眼淚根本忍不住，把公司裡的人嚇得不輕。

出了這事，唐亦立刻讓孔楠陪她來醫院，至於具體發生了什麼，都得往後捎。

從醫院回來，鄭書意一路朝唐亦辦公室走去，路上途徑之處，人人都支著腦袋張望。

應付了幾個同事的關心後，鄭書意推開了唐亦的門。

許雨靈已經坐在裡面，她緊張地看了鄭書意的手一眼，什麼都不敢說。

「醫生怎麼說？」唐亦問。

「沒事。」鄭書意坐到一旁的沙發上，冷著臉，「問題不大，我們先說正事。」

正事自然是鄭書意和許雨靈的糾紛。

知道唐亦一貫的和稀泥態度，鄭書意也不想多廢話。

「唐主編，之間許雨靈抄我提綱，搶我採訪的事情妳也都知道，我聽妳的，沒有立刻跟她計較，但是現在她連我私生活都造謠，這個我真的忍不了。」

「她是老員工，但我給雜誌社的貢獻也不少，這事我必須要一個交代。」

鄭書意強硬的態度擺在這裡了，唐亦沒辦法，只好問：「到底怎麼回事？」

「沒怎麼回事，就是之前說的那樣，我跟我男朋友正正經經地交往，但她惡意揣測並且造謠引導風向，傳出的風言風語妳也都聽到了，我不想再複述。」

唐亦擰眉看了許雨靈一眼，問鄭書意：「那妳跟妳男朋友到底怎麼回事？」

她聽到的謠言已經是從多人嘴裡傳出來的，原話如何並不知道。

「我跟我男朋友怎麼回事並不重要，我也跟妳說過了，就是正常的男女關係，人家也不是什麼老頭子，一個未婚年輕男性，有什麼問題嗎？」

之前鄭書意能不要臉地跟唐亦說「時宴就是比較喜歡我啊」，但是真到了這種時候，她並不想把時宴這個人搬出來。

不然自己本來是完全占了理的，要是主管因為時宴而特意照顧，反而顯得她真的是靠關係的那一個。

而許雨靈，全程沒有說話。

唐亦深吸了一口氣，說道：「那這樣，書意妳受傷了，先回去休息，這件事我要跟總編談一談。」

見鄭書意不動，唐亦又說：「妳放心，這次無論如何也會給妳一個交代。」

唐亦都把話說到這份上了，鄭書意也不想跟她死纏，於是起身道：「那我回去了。」

走了兩步，她又回頭：「這不算我請假吧？」

唐亦：「……」

「不算。」

事實證明，唐亦叫鄭書意先回去休息是正確的。

不然面對周圍同事好奇的目光，鄭書意也沒辦法好好工作。

她簡單收拾了東西下樓，卻不想回家。

手指還一陣陣鑽心的疼。

加上是許雨靈不小心夾的，一想起這個人，鄭書意覺得疼痛都加倍。

她在辦公大樓外的廣場椅子上無所事事地坐了一下，最後還是起身攔了一輛計程車。

「去哪啊妹妹？」

鄭書意：「去銘豫銀行總部。」

司機：「好嘞。」

鄭書意也不知道自己要過去幹什麼，但她就是下意識這麼說了。

鄭書意已經很久沒來銘豫總部了。

沒有員工卡，也沒有預約，還要見時宴，只能一層層地彙報上去。

時宴接到內線電話時，微微有些詫異。

一般沒有特殊的事情，鄭書意不會在上班時間突然來找她。

「帶她上來。」

幾分鐘後，辦公室的門打開，鄭書意垂著腦袋走了進來。

時宴放下手裡的東西，起身走出來，「怎麼了？」

鄭書意沒說話，但低氣壓肉眼可見。

她吸了吸鼻子，然後朝時宴張開雙臂，「抱一下。」

時宴本來已經伸手了，卻一眼看見她手指的包紮。

「妳的手怎麼了？」時宴皺眉，立即抓住她的手腕，神色凝住，眼裡罕見地露出慌張的情緒，「怎麼回事？」

「沒什麼，就是同事關門的時候沒看見我，就被夾了一下。」

她還是垂著頭，往時宴胸前靠。

貼近了後，她感覺到時宴深深地吸了一口氣。

「怎麼這麼不小心？」

鄭書意悶著沒說話。

片刻後，時宴鬆開她的手，緩緩抱住她，「還疼嗎？」

「疼死了，」鄭書意聲音嗡嗡地，「我覺得我已經殘廢了。」

時宴手臂收緊了些，掌心輕撫她的後腦勺，「不至於。」

「真的，我右手現在用不了了。」鄭書意的臉慢吞吞地在他胸前蹭，「只有左手可以用，這不就是殘廢嘛。」

時宴聞言，又握著她的手腕，抬起來看著。

他的眉頭沒鬆開過，「醫生怎麼說？」

鄭書意哭喪著臉，「醫生說，以後吃飯要人餵。」

時宴：「……」

「嗯。」

聽到時宴應聲，鄭書意抬起頭，表情越發可憐，「喝水也要人餵。」

時宴沒看她的表情，視線全在她的手上。

他想摸一下包紮的地方，但指尖剛剛觸碰到紗布，卻又害怕弄疼她，最終只是輕輕拂過。

「聽見我說話了嗎？」鄭書意重複，「醫生說喝水也要人餵。」

時宴垂著眼，「嗯」了一聲。

鄭書意知道他沒看自己的表情，唇角忍不住翹了一下，「包包也要人拎。」

時宴：「嗯。」

鄭書意：「頭髮也要人梳。」

時宴：「嗯。」

手指的疼痛似乎在慢慢消失。

鄭書意抿著唇，止不住笑意，「上樓也要人抱。」

「……」

「公主抱那種。」

「……」

不知道的還以為傷的是腿。

時宴嘆了口氣，卻還是應了下來，「嗯。」

鄭書意笑彎了眼，抬手抱住他的腰，仰頭望著他，「你這麼好啊？」

時宴一低頭，兩張臉相對，唇與唇的距離只剩微毫。

鄭書意以為時宴要親下來了，立刻閉上眼睛。

兩秒後，唇上什麼動靜都沒有。

鄭書意睜開眼，怔怔地看著時宴。

他的神色並沒有鬆動多少，看起來挺嚴肅，「妳住到我家吧，答應妳的，我都做。」

鄭書意：「……啊？」

在時宴這裡，鄭書意已經數不清這是第幾次搬起石頭砸自己的腳了。

她借著自己受傷了一步步地試探時宴的底線，發現他無下限後就開始大鵬展翅，幾乎等於耍無賴。

然而事實證明，時宴在反殺鄭書意這一點上從來不會落下風。

鄭書意在時宴懷裡巋然不動，腦子卻在飛速運轉。

怎麼就突然要去他家裡住了？

主要是她覺得這麼快就同居，不、不太好吧？

是不是省略太多過程了？

怎麼現在的總裁都這麼講究效率的嗎？

而且仔細想想，她提出的要求跟住到他家裡有半毛錢關係嗎？

說得好像住過去，他就會一天三頓都回家吃似的。

對，是這樣的。

破案了，時宴根本不是想履行承諾，他就是夾帶私貨。

跟女朋友都玩心計，這怎麼能忍？

鄭書意緩緩抬起頭，一臉嚴肅地推開時宴，什麼都沒說就轉身朝辦公室大門走去，渾身寫滿了「我的戲癮已經過完了我們各回各家各找各媽」的態度。

時宴拉住她的手腕，「妳去哪？」

鄭書意依然沒回頭，儘量讓自己顯得比較高冷淡定，「回家收拾行李。」

其實鄭書意從頭到尾沒想過拒絕。

她發現自己好像得了肌膚饑渴症似的，看到時宴就想肢體接觸，就算只是牽牽手，她也覺得很開心。

而且縱觀自己的表現，在時宴眼裡大概也沒什麼矜持可言了。

向來都是，時宴給她一根杆子，她能以火箭的速度瞬間順著爬到頂端。

她沒了來時那股病懨懨的樣子，邁著輕快的腳步朝外走去，長髮隨著她的動作在背後輕輕跳躍。

可是走了沒兩步，她突然回頭。

「怎麼了？」時宴已經坐回了辦公桌後。

鄭書意抿著笑，眼裡簌簌光亮如星星一般。

她沒說話，一路小跑著回到時宴面前，俯身至他面前，輕聲道：「不怎麼，就是想親一下。」

時宴：「……」

他臉上沒有任何神情波動，卻往後仰了仰，一臉拒絕。

鄭書意習慣了他這樣端著，便又逼近一步，笑著扯了扯他的領帶，「就一下？」

說完就湊過去，時宴卻微一側頭，讓她撲了個空。

鄭書意：「……」

她臉色不變，直起身四處張望，「酒呢？你這裡有酒嗎？給我上酒，實在不行直接灌酒精也行。」

時宴也沒動，好整以暇地坐在那看著鄭書意表演，「別鬧，這裡是辦公室。」

「辦公室又怎麼了？」鄭書意瞬間沒了興致，「又沒其他人。」

時宴：「但是我會有反應。」

鄭書意：「……」

她僵了一下，像個機器人一般機械地轉過身。

而時宴端端地坐著，鏡片反射著電腦螢幕的光，冷冷地綴在鏡框上，顯得他的雙眼特別正經。

對，他就那麼正經地看著鄭書意。

這個人……是怎麼做到臉不紅心不跳說出這種話的？

緊接著，他又面不改色地鬆了鬆領帶，說道：「如果妳不介意的話，那來吧。」

「……」鄭書意的臉瞬間脹紅，慌慌張張地去拿自己的包，「你還是好好工作吧。」

說完也不等時宴回答，扭頭就走。

走到門邊，她按了自動開門的按鈕，卻沒有反應。

鄭書意又用力按了幾下，依舊如此。

可她感覺到一股灼灼目光黏在自己身上，便不好意思回頭去對上那道視線。

只能背對著視線的主人，說道：「你辦公室的門壞了。」

「沒壞。」

聲音隨著腳步聲一同出現在她身旁。

隨即，她被時宴從背後攔腰摟住，屬於他的氣息徐徐包裹了鄭書意。

他低頭，一個輕吻落在鄭書意的耳垂。

只是蜻蜓點水的輕吻，在滿足她的要求。

但鄭書意能感覺到，他確實很克制了。

然而下一秒，時宴握著鄭書意的左手，牽引朝上，按住牆上的開門鍵。

牽著她的手按下去的同時，背後有一股不輕不重的力量向鄭書意壓過來。

不知為何，鄭書意的呼吸驟然收緊，全身的感官神經都敏感了十倍。

然後，他在她耳邊說：「妳按錯地方了。」

從辦公室出來，看見來來往往的工作人員，鄭書意埋著頭，腳步匆匆地進了電梯。

明明什麼過分的事情都沒發生，她卻有一股莫名的心虛，好像所有人都能看見她腦內不受控制出現的想像畫面一般。

直到進了電梯，鄭書意才鬆了口氣。

心神緩了過來，她終於感覺到受傷的指尖一陣陣抽痛。

回到家裡，萬事只能單手操作的鄭書意看著行李箱，陷入迷茫。

其實生活不能自理倒是不至於，左手又沒受傷，但是面前的一堆化妝品成了最大的難題。

可是習慣使然，她沒辦法素顏去工作。

正愁著，唐亦打來了電話。

鄭書意開了擴音就把手機丟到身旁，一邊整理化妝包，一邊問：「怎麼了？」

『今天我跟總編談了一下，』唐亦說，『這個情況怎麼說呢，是挺糟心的，我們都不願意這種惹是生非的人留在公司。』

聽她的語氣，鄭書意便知道接下來還有轉折。

『但說到底，她也沒違反合約裡的商務邏輯。』果然如鄭書意所料，唐亦嘆了口氣，『而且她怎麼說也是老員工，如果就這麼不留情面，也挺寒其他員工的心的。』

鄭書意「嗯嗯」兩聲，「所以呢？」

唐亦：『所以我和總編商量著決定，正好春招也要開始了，接下來把她調到分公司去，也算是給妳一個交代了吧？』

說到底許雨靈做的也不是傷天害理的事情，鄭書意也沒有要把她趕盡殺絕的心思。

調往分公司，福利待遇和資源都跟總部差得遠，更別說未來的職業發展。

鄭書意自然沒有異議。

她想了一下，說：「亦姐，我準備休年假。」

唐亦：『怎麼？妳有什麼想法跟我說。』

「沒什麼想法啊。」鄭書意把已經整理好的化妝品拿出來，只裝了護膚品，「我現在手指傷著，也做不了什麼，而且我這段時間挺忙的，有點累了，我也不想去公司看見她，所以乾脆趁機把年假休了吧。」

唐亦沉默了片刻，應了下來，『那妳走一下審批流程吧。』

鄭書意一共請了四天的年假，加上週末，正好是六天。

她依照自己估算的時間收拾了衣物。

時宴來接她時，看著她那二十四吋的行李箱，問道：「就這麼多？」

「夠了呀。」鄭書意算給他聽，「我請了幾天假，加上醫生說的恢復時間，六、七天差不多了。」

時宴看了她一眼，沒說什麼，拎著行李箱走了出去。

這是第三次來時宴家。

鄭書意告訴自己，這一次是以女朋友的身分來的，名正言順、光明正大，應該理直氣壯地走出腳下生風的氣勢。

然後兩、三公尺的入門通道她磨磨蹭蹭了十幾步。

時宴拉著行李箱，突然定住腳步，回頭看著她。

「幹、幹什麼？」鄭書意小聲問。

「以前膽子不是挺大嗎？大半夜都敢去陌生男人家裡，」時宴上下打量著她，「現在又在害怕什麼？」

「我害怕什麼？」鄭書意挺起胸，「我腳疼而已。」

「是嗎？」時宴看向她的腿，「那我抱妳進去？」

怎麼感覺抱著進屋有一種奇奇怪怪的色情感……

鄭書意越過他：「我又沒那麼嬌氣。」

時宴看著她的背影，嘴角笑意徐徐蔓延。

他們進門沒兩分鐘，便有人送來了晚飯。

這房子的廚房顯然是擺設。

時宴把行李箱隨手放在客廳後，回頭看見鄭書意背著手端端地站著，雙眼卻不老實地四處打量，很明顯地緊張忐忑，還有一絲，時宴不知是不是自己多想了的興奮。

「吃飯了。」

「哦，」鄭書意扭過頭，「好的。」

她兩三步走到飯廳，非常端莊地坐下。

不知是不是為了照顧她，米飯特地熬成了粥，旁邊擺放著勺子。

而時宴面前則是正常的米飯和筷子。

可鄭書意並不打算自力更生，她抬起頭，看著對面的時宴。

這幾秒間，時宴已經拿上筷子，慢條斯理地吃了起來。

見他看都沒看自己一眼，鄭書意咳了一聲。

「怎麼？」時宴抬頭。

鄭書意看著面前的飯菜，抬了抬眉頭，以眼神示意他。

時宴順著她的目光看了一眼菜，說道：「那不是蔥，是茭頭。」

鄭書意：「……」

誰問你這個了？不過那真的不是蔥嗎？

她多看了兩眼，「怎麼長得一模一樣？」

「長得像而已，」時宴極有耐心地跟她講解，「但並不是同一種植物。」

鄭書意似懂非懂地點了點頭，「哦，這樣啊……」

然後突然回神。

「我沒跟你說這個，你今天下午答應我什麼你忘了嗎？難道你只是為了把我騙到你家來？」

時宴在吃飯的間隙抬起眼，目不轉睛地看著她，吞咽了嘴裡的菜，才不急不緩地說：「是啊。」

鄭書意：「……」

面對他直勾勾的眼神，聽到他坦然地說出這種不要臉的話，鄭書意的反應卻很奇怪。

她沒生氣，倒是有些臉熱。

於是鄭書意沒再出聲，低下頭，用左手慢吞吞地拿起勺子，翻動碗裡的粥。

勺子在瓷碗上絆出細微的聲音，一下一下，聽得人耳朵癢。

不多時，時宴突然放下碗筷，什麼都沒說，起身繞過桌子，走到她身旁，俐落地拉開椅子坐了下來，然後將她面前的碗和勺子一起奪走。

他的一連串動作過於一氣呵成，鄭書意還沒反應過來，他已經餵了一口粥到鄭書意嘴邊。

鄭書意愣了一下，盯著他沒眨眼。

時宴也不急，和她對視片刻後，說道：「張嘴。」

就像被按下了開關一樣，鄭書意乖乖地張嘴。

一勺粥餵過來，她連吞咽的動作都是機械的。

飯廳裡安靜得只聽得見勺子輕碰陶瓷碗沿的輕響，和兩人的呼吸聲。

時宴雖然在餵她吃飯，卻一直看著她的眼睛，根本沒看過手裡的碗一眼。

明明在做著最溫柔的事情，他的眼神卻灼灼又直接，像滾燙的熱浪一般，從四面八方湧來，一點點淹沒了她。

這是吃飯嗎？這是吃人。

幾口下去，鄭書意便受不了了，閉著嘴別開了臉，「不吃了？」

還是有點餓的。

鄭書意從他手裡拿過勺子，「我自己來。」

她埋著頭，一口接一口，眼睛都不曾抬一下。

時宴手背支著太陽穴，偏頭看了一陣子，終是輕笑了一聲，然後坐回自己的位子。

一頓飯吃完，還不到八點。

時宴還有點事，但他沒有去書房，而是拿了筆記型電腦坐到客廳。

鄭書意原本也在客廳玩手機，見時宴過來了，她便關掉影片，靜靜地坐著看文字內容。

幾分鐘後，她發現時宴好像並不是很忙，只是隨意地查閱一些郵件。

於是有人開始不安分了。

鄭書意：「我有點渴，想喝飲料，幫我開一瓶嘛。」

時宴聽見了，卻還是專注地看著電腦。

幾秒後，他才起身去冰箱裡拿了一瓶水，隨手遞給鄭書意，一句話都沒說。

半小時後。

鄭書意：「我想吃柳丁，醫生說我要多補充維生素。」

電話也同時響起，是助理打來的。

時宴開了擴音，一邊聽著，一邊俯身剝柳丁。

又是半小時。

鄭書意埋頭看手機看得脖子痠，她活動了一下肩頸，然後拂著頭髮說：「有點熱，幫我把頭髮綁起來一下。」

這就有點觸及到時宴的盲區了。

他放下筆記型電腦，盯著鄭書意遞來的髮圈看了好一陣子，才抬起手。

鄭書意背對著他，頭髮時不時被拉扯痛。

「哎呀，輕點輕點。」

「疼，你輕點！」

雖然鄭書意一直在碎碎念，但時宴什麼都沒說，一臉冷漠地做著完全不在行的事情。

花了好幾分鐘才綁了個鬆鬆垮垮的馬尾，時宴沒有表現出不耐煩，但也沒多說什麼，又開始看電腦。

鄭書意在他的沉默中，受到一絲良心的譴責。

她不動聲色地環顧整個房間後，用手肘碰了碰時宴的小臂，「那你忙吧，我先去洗澡睡覺啦？」

時宴頭都沒抬一下：「嗯。」

鄭書意：「……」

這人怎麼聽不懂她的畫外音呢。

「我的意思是，」鄭書意很小聲地說，「我睡哪裡？」

時宴指尖停在觸控式螢幕上，側頭看她，眼裡明明白白地寫著「妳是在問廢話嗎？」

「妳覺得呢？」

鄭書意慢慢別開了頭，撲閃著睫毛，沒有驚慌，只是有點臉紅。

這樣的神情，坐實了她只是在明知故問。

「那我去洗澡了。」她站起來，三步並作兩步往浴室走去。

「書意。」時宴突然叫住她。

似乎有一種預感，鄭書意腳步停下，卻沒有回頭，「怎麼了？」

後面那人的聲音不鹹不淡地響起。

「醫生有沒有說過，洗澡也要人幫忙？」

第三十一章　睡衣誘惑

剛剛那麼千依百順，原來一切都在這裡等著她。

在這一秒，鄭書意一度覺得這是自己做過最後悔的事情。

連包著厚厚紗布的手指都感覺到了一陣酥麻，甚至她覺得自己可以親手摳出一個地洞把自己埋了。

「醫生說，」鄭書意依然沒有轉過身，只是聲音裡沒有一絲叫做「底氣」的東西，「不、用。」

「真的？」時宴不知什麼時候站了起來，抱著雙臂，遠遠地看著鄭書意，嗓音帶著明顯的笑意，「吃飯要人餵，喝水要人伺候，連頭髮都綁不了，妳怎麼洗澡？」

鄭書意不知道時宴是認真的還是在逗她，於是試圖跟他正經講道理。

「不沾水就好了，我、我早上出門洗了澡的，隨便一點就好了。」

「怎麼隨便？」時宴一步步地走過來，「是不需要脫衣服，還是不需要塗抹沐浴乳？」

鄭書意：「……」

「脫」、「塗抹」這種字眼從他嘴裡說出來，感覺就不是單純的動詞。

「都說了不用！」

鄭書意已經有了惱羞成怒的趨勢，可時宴完全沒有收斂的意思，「那妳挺不愛乾淨的。」

「對對對，我就是不愛乾淨。」

鄭書意拔腿就走，雖然沒回頭看，但她感覺時宴一定以一種看好戲的姿態盯著她，於是腳步越來越快。

幾步後，時宴再次叫住她，「書意，真的不用幫忙？等一下妳再叫我，我就沒那麼有耐心了，別反悔。」

「說了不用幫忙！」鄭書意頭腦已經羞憤到一片灼熱，用最後一絲理智斬釘截鐵地說，「反悔了是你兒子！」

連這種話都說出來了。

時宴看著她落荒而逃的背影，嘴邊蕩漾著笑意，回到客廳。

半小時後。

時宴關了電腦，準備回房間拿睡衣洗漱。

浴室內置於他的房間，經過那熱氣騰騰的浴室時，門鎖輕輕地響動一聲。

他停下腳步，側頭注視著浴室。

幾秒後，門打開一條縫，一顆腦袋探了半個出來，「爸爸……」

時宴：「……」

鄭書意確實能一個人洗澡。

反正她打算明天去理髮店洗頭，所以現在只需要費點力氣把頭髮裹成丸子，然後浴缸裡放上水，抬著手臂躺進去。

一切都很完美。

甚至她洗完之後裹著浴巾單手洗內衣的時候覺得自己的左手有無限的潛力可以開發。

然後這個想法在兩分鐘後就遭到滑鐵盧。

鄭書意帶來的這套睡衣輕薄絲滑，服貼地勾勒出身體曲線，她換上之後，對著鏡子看了一下，又低頭瞅自己胸前畢露無遺的起伏。

沒有內衣的束縛，形狀有點過於明顯。

在熱氣縈繞的浴室裡，鄭書意的雙頰逐漸發燙。

一想到時宴在外面，鄭書意覺得空檔穿睡衣跟裸奔沒什麼區別。

可她又做不到單手扣內衣。

收拾行李的時候隨手放了幾套，根本沒有考慮到這一點。

於是，在長達好幾分鐘的內心掙扎後，鄭書意拉開一點點門，探頭探腦地叫住了時宴。

門外。

時宴看著門縫裡那半張通紅的臉，偏了偏頭，「怎麼？要幫什麼忙？」

鄭書意手指緊緊扣著門邊，聲若蚊蠅，「幫我扣一下內衣。」

「嗯？」時宴是真的沒聽清，他瞇著眼，湊近了些，「妳說什麼？」

鄭書意並不確定他是不是故意。

但剛剛的內心掙扎已經給了她足夠的心理建設。

扣個內衣怎麼了？不就是扣個內衣嗎？

——又不是要他原地起跳反手扣籃。

於是鄭書意轉身，用背影面對時宴，高高在上地吩咐：「幫我扣內衣，快點，我睏了！」

時宴盯著她看了半晌，才走過來。

靜立的幾秒間，鄭書意心如擂鼓。

當後背的衣服被輕輕撩起時，她的四肢倏地緊繃，定定地看著前方牆壁映出的模糊人影，雙眼都沒眨一下。

時宴低著頭，呼吸拂在她後頸上。

手上動作細緻，但餘光看著她裸露的腰肢時，手還是會不經意地觸碰到她後背的肌膚。

每動一下，鄭書意就更緊張一分。

然而時宴全程默不作聲，慢條斯理地幫她扣好後，垂下手，還幫她整理好睡衣。

「好了。」

鄭書意有點不可置信地眨了眨眼睛。

他這時竟然還挺像個人的。

恍神的片刻，鄭書意輕咳了兩聲。

怎麼回事，被時宴這幾天的不做人弄得ＰＴＳＤ嗎？

明明這才是他。

「怎麼了？」時宴的聲音在她背後響起，「還有要幫忙的？」

「沒有了，謝謝。」鄭書意抱上自己換下來的衣服，轉身跑進了臥室。

時宴回頭，視線追著她的聲音，見她拿出瓶瓶罐罐坐到床頭時，無聲地笑了笑。

完完整整的一套護膚流程後，鄭書意鑽進被窩。

床上有淡淡的香味，很熟悉，是屬於時宴的。

鄭書意拉起被子，蓋住半張臉，聽著浴室裡的水聲，感覺空氣在一點點變稀薄。

她不抗拒和時宴同床共枕，也不害怕。

自從答應住過來，她就做好了心理準備。

但真的到了晚上，緊張的情緒還是一點點吞沒了她的心理準備。

不知是不是因為緊張，感官變得更靈敏，手指傷處的抽痛感也一陣陣襲來。

鄭書意深吸了一口氣，側身背對浴室，緩緩閉上眼睛。

不多時，浴室的水聲停了。

幾分鐘後，傳來了開門的聲音。

房間裡鋪著地毯，聽不見腳步聲，但鄭書意能感覺到時宴過來了。

一步步靠近，直到床邊塌下去一片。

鄭書意雙眼閉得跟緊，睫毛卻在輕顫。

忽然，她感覺時宴的呼吸靠近，拂在她耳邊。

他撐著上半身，垂眼看著鄭書意。

許久，他突然開口：「妳到底是緊張，還是傷口疼？」

鄭書意：「……」

可真準，她又緊張又疼。

「疼啊，」鄭書意皺了皺眉頭，徐徐睜眼，卻依然背對著時宴，「十指連心，一陣陣地鑽心地疼。」

時宴看著她放在被子外的手，紗布上滲出一層淡黃色，還能聞到一股淡淡的膏藥味道，「要吃止痛藥嗎？」

「吃過了，」鄭書意說，「但還是疼。」

「嗯。」時宴伸手拂了拂她臉頰邊的頭髮，「那睡覺吧，睡著了就不疼了。」

說完，他躺了下來，手臂穿過她的腰，輕握住她小腹前的左手。

幾分鐘後，身後的人一直沒動靜，鄭書意才真正鬆懈下來，伴著自己的心跳聲入眠。

春夜的月光蒙了一層紗，溫柔地籠罩著夜空。

身後人的呼吸平靜而綿長，體溫像貼，不知不覺間，鄭書意的嘴角與窗外的月牙一同彎了起來。

然而靜謐只持續不到一個小時。

當濃厚的睡意襲來時，鄭書意一半是清醒，一半是潛意識，全都促使她開始尋求更舒服更溫暖的地方。

於是。

時宴於半夢半醒之間，突然睜開了眼。

眼前漆黑一片，他只能感覺到鄭書意轉過身來，一隻手緩緩攀著他的腰，一點點地鑽進他懷裡。

但好像沒找到最舒服的位置，她扭動了幾下，下巴不停地蹭到時宴的胸口，嘗試著全身貼了上來。

「……」

時宴在黑暗裡皺了皺眉，呼吸的節奏驟然打亂。

而懷裡的人還在不安分地調整姿勢。

靜到極致的夜裡，雙眼漸漸適應了黑暗，能看清眼前的事物，同時，全身的感官都被放大了。

時宴突然扶住鄭書意的肩膀，一翻身，雙臂撐在她身側。

凝視片刻後，他毫不猶豫地俯下身去。

然而在兩人呼吸交纏到一起時，時宴突然聽到鄭書意「嘶」了一聲。

他一頓，感覺到自己的手臂擠壓到她的手指，幾乎是下意識抬起了手。

僵持一秒後，時宴長呼了一口氣，又緩緩躺了側邊。

他在床上調整一下呼吸。

不知過了多久，手指的刺痛還在繼續。

鄭書意迷迷糊糊地半睜開眼睛，看見浴室有隱隱約約的亮光，還有水聲。

她掖了掖被子，再次閉眼睡了過去。

早上醒來時，鄭書意下意識撐著床坐起來，手一用力，立刻疼得輕呼了一聲。

然而房間裡空蕩蕩的，只有她自己的回音。

鄭書意意識還沒完全回籠，四處看了好一陣子，才緩緩意識到，這是時宴的家。

然而時宴並不在。

鄭書意立刻下床，看了浴室一眼，沒人。

又走到外面喊了兩聲時宴，依然沒人應她。

這時，她一抬頭，看見鐘錶櫃上的顯示，原來已經九點了。

怪不得時宴不在，這時候他應該已經坐在辦公室了吧。

想到這裡，鄭書意突然輕鬆了很多，大搖大擺地走回臥室。

躺上床後，拿出手機，發現時宴也沒傳訊息給她。

鄭書意冷哼一聲，翹著腿，打了電話過去。

響鈴幾聲後，對面接起，『醒了？』

「對啊。」鄭書意說，「你什麼時候走的？」

時宴：『八點。』

鄭書意隨手按開了窗簾，陽光傾灑進來，「哦，這麼早。」

「對了，我突然想起來，你昨晚是不是半夜起床洗澡了？」

因為時宴的語氣挺輕鬆，鄭書意以為他現在閒著，便忍不住想跟他多說幾句。

然而事實是，時宴面前此刻站著陳盛以及三個祕書。

「是嗎？」沒聽到時宴的回答，鄭書意又問，「還是我做夢了？」

時宴：『妳做夢了。』

「哦……」鄭書意喃喃說道，「也是，哪個正常人半夜起來洗澡啊。」

『……』

「好了，我再睡一下，你忙吧。」

掛了電話，鄭書意望著天花板，莫名其妙地開始笑。

可是笑著笑著，她突然又笑不出來了，別過頭，正好看見落地窗上映著的自己。

人都光明正大地睡到他床上了，結果……別說其他的了，連個親吻都沒有？

鄭書意緩緩坐起來，摸了摸自己的臉。

正好這時，畢若珊傳訊息給鄭書意。

畢若珊：『媽的，可算是把司徒怡搞定了，我明天的飛機回去。』

鄭書意：『哦。』

畢若珊：『忙嗎？不忙的話，晚上我來妳家，我們自己做火鍋。』

鄭書意：『不忙，但是我不回家。』

畢若珊：『？』

鄭書意：『我現在住在時宴家裡。』

畢若珊：『……嘖，行吧，不過妳也同居得挺快啊，正打算年底休產假？』

鄭書意沉默了一下，然後擰眉打字：『我跟妳說，我們昨晚睡同一張床上了。』

畢若珊：『夠了，我不想聽這些，妳再往下說我就檢舉了。』

鄭書意：『然後什麼都沒發生。』

這下子輪到畢若珊沉默。

過了好一陣子。

畢若珊：『選項A，妳太沒吸引力了。選項B，時宴他不行。』

鄭書意：『我覺得我不可能沒有吸引力，我們排除這個不可能的答案。』

畢若珊：『所以答案是B。』

和畢若珊在字面上達成了一致的看法後，時宴突然又傳來訊息。

時宴：『廚房有早餐，自己熱一下。』

鄭書意看著他的聊天畫面，竟然有點笑不出來。

好一陣子，她才起身去廚房。

吃完早餐後，鄭書意回到房間，才看到幾分鐘前畢若珊的訊息。

畢若珊：『雖然B選項很荒誕，可時宴一個二十多歲的男人和女朋友睡在一張床上卻如同老僧入定一般的行為更荒誕。』

畢若珊：『哈哈哈哈哈哈。』

看著那一連串的「哈哈」，鄭書意冷著臉打字：『好笑嗎？』

畢若珊：『不好笑，我只是心疼妳，哈哈哈。』

春回大地，嫩柳芽最先知道。

鄭書意坐到陽臺上，開了窗，讓陽光灑在身上，很難靜心閉眼感受這初春的的暖意。

本來她只是跟畢若珊開個玩笑。

可靜下來仔細想想，竟然覺得，她說得很有道理！

被畢若珊這麼一帶節奏，整個上午，鄭書意都有點分心。

午飯後，她看一下電視，還老是想著時宴到底行不行這個問題。

為了讓自己別再想這事了，鄭書意拿著電腦去時宴的書房坐著，把自己前些時間收集的一些資料調了出來。

整整三個G的文字音訊資料在這個資料夾已經存放了一段時間了，她想趁著這幾天整理一下，可嘗試了一陣子，左手操作滑鼠和鍵盤實在很不方便，選中一段文字做標注要費好幾倍的時間。

一小時下來，鄭書意盤腿坐在沙發上，激情辱罵一番許雨靈後，轉頭就去跟時宴撒嬌。

鄭書意：『用不了電腦，打不了字，一個人在客廳呆呆坐著，我好慘哦。』

她說這些並沒有帶什麼目的，單純只是想在見不到他的時候跟他說話。

然而鄭書意後面那個「要抱抱」的梗圖還沒傳出去，極其講究效率的時總很快回覆了解決方案：『我叫秦時月過來幫忙。』

鄭書意：「……」

時宴你這是在按著我的頭讓我選B啊。

鄭書意小小的鬱悶了一下，接受了時宴的安排。

那也行吧，有個人陪著至少不會無聊。

但是秦時月就不這麼想了。

她原本在喻遊公司樓下的咖啡廳凹著造型，準備隨時來個偶遇。

突然被叫到這裡，誰又考慮過她的心情呢？

她按響門鈴時，一臉生無可戀，卻也沒忘叫一聲「小舅媽」。

托時宴的福，突然長了一輩，鄭書意有點飄，朝秦時月勾勾手指，「來。」

秦時月看見鄭書意的手，驚詫道：「妳的手怎麼了？」

「沒事。」鄭書意慢悠悠地朝書房走去，「不小心被門夾傷了。」

「沒大事吧？」

「能有什麼大事，沒那麼嬌氣。」

書房裡。

秦時月看著鄭書意電腦裡那些密密麻麻的，數位貨幣的專業資料，差點原地昏迷。

雖然鄭書意坐在她身邊，一邊指揮她做事，一邊跟她介紹解釋，但這對秦時月來說仍然是一道天劫。

如果不是考慮到鄭書意確實需要幫忙，秦時月可能等不到正月就要去剪頭髮了。

最氣的是，她給鄭書意當了一下午的打字員，時宴傍晚一回來，以巡視工作的目光掃過她，淡淡道：「妳可以回家了。」

秦時月：？

幫你老婆打了一下午工，連口飯都不賞？

時宴似乎是看懂了秦時月的眼神，卻沒有一點反省的意思。

秦時月終是罵罵咧咧地離開了。

等第三人消失，鄭書意負著手，站在餐桌前看了時宴好一陣子。

落日熔金，透過玻璃灑在時宴的臉上。

他的輪廓在光影中半隱，抬手擺弄碗筷時，神情專注地像在處理分分鐘上億的專案。

而鄭書意卻莫名地開始走神。

看著他的臉，想起他曾經說過的話做過的事情。

腦子裡瘋狂在A選項與B選擇之間來回徘徊。

感覺到鄭書意的凝視，時宴抬頭看了她一眼，「坐過來。」

鄭書意點了點頭，繞著桌子走過去。

由於想得有點偏，注意力分散，她下意識就用右手去拉椅子。

用力的那一瞬間，她疼得像被燙到了一樣瘋狂甩手。

時宴擰眉看她，伸手拉開椅子，「妳在想什麼？」

「我在想……」鄭書意捂著手，看著他，聲音漸漸變小，卻又很直接，「我可以坐你腿上嗎？」

「……」時宴手上動作頓了頓，眉頭依然擰著，卻冷漠地說：「不可以。」

鄭書意不情不願地坐到他身旁的椅子上：「為什麼？」

時宴拿起勺子，攪拌著碗裡的湯，「這樣妳今天吃不了晚飯了。」

鄭書意愣怔地看著他。

這種話第一次聽會臉紅心跳。

而今天聽，卻只有深深的疑問。

——你是只會打嘴炮嗎？

沉默片刻後，見時宴絲毫沒有鬆動，鄭書意突然擠到他腿上坐著，雙手摟住他的脖子，「我就要。」

一秒、兩秒、三秒……

鄭書意明顯感覺到時宴的眼神有了變化。

他垂著眼看她，面容平靜，眼底卻似乎有波濤暗湧，連呼吸節奏都開始有了難以察覺的變化。

然而下一秒。

時宴沉又恢復了表情，拿起碗筷，「隨妳。」

雖然某些人說得好像很嚇人，但這頓飯卻相安無事地吃完了。什麼都沒發生！

鄭書意拿紙巾擦著嘴，眼神頻繁往時宴身上瞟。

這樣明顯的目光，時宴不可能沒發現。

他撩了撩眼，漫不經心地說：「看我幹什麼？」

鄭書意眼珠子亂轉，含糊道：「沒什麼。」

我說我在看你到底行不行，你信嗎？

飯後，鄭書意抱著抱枕窩在沙發裡，眼睜睜地看著時宴進了書房。

整整兩個小時，時宴都在工作，沒有任何動靜。

直到鄭書意洗完澡出來。

這一次，她做了一個決定。

不穿內衣了。

輕輕敲了敲書房的門後，得到裡面的應聲，鄭書意探了上半身進去，「我睡覺啦？」

時宴「嗯」了一聲，隨意地側過頭來，目光突然一頓。

明晃晃的燈光下，鄭書意穿著長袖長褲的睡衣。

但衣襟沒有完全扣上。

因為剛洗完澡，皮膚白得發亮，鎖骨卻泛著紅。

視線往下，胸前的曲線隱隱約約地隨著她的呼吸起伏。

書房突然陷入極致的安靜。

鄭書意抓緊了門框，呼吸聲清晰可見。

她看見了，她看見時宴的眼神分明有了變化，目光灼灼地看著她。

像極了一個正常男人。

然而下一刻，時宴眉心微皺，收回了目光，轉頭看著電腦，「睡前記得吃止痛藥。」

「……」

就、這？

鄭書意有些不可置信地回到臥室，躺上床，看著天花板發呆。

這一晚，和昨天一樣。

時宴洗完澡，睡上來，關心幾句她的傷勢。

——然後就睡覺了。

這就導致，鄭書意本來覺得那個B選項只是一句玩笑，現在卻開始當真。

第二天，氣溫又上升了。

正好鄭書意要去換藥，離開醫院後，她讓司機先送她回自己家一趟。

收拾一些單薄的衣服後，鄭書意看向衣櫃裡的真絲睡裙。

兩件一套，外面是正常的睡袍，裡面是一件同色系的吊帶睡裙。

她思忖片刻，抓起來塞進包裡。

大概是因為有陰謀，而且這個陰謀有些難以啟齒，所以鄭書意今天特別安分。

時宴回來後，她規規矩矩地吃了晚飯，然後兩人各做各的事。

因為心懷鬼胎，她甚至沒去書房騷擾過時宴。

一到點就去洗了澡，然後穿上她那件性感吊帶睡裙。

畢竟是挺暴露的衣服，鄭書意不好意思真的大搖大擺地穿到時宴面前去晃，於是從浴室一出來就鑽進了被窩。

安靜地等了一個多小時後，時宴終於準備睡覺了。

鄭書意感覺到他躺下來時，默默攥緊了床單。

屬於他的氣息緩緩襲來，縈繞在鄭書意周身。

他今天似乎很累，像往常一樣伸手攬著她，便閉上了眼。

鄭書意慢吞吞地轉身，往他懷裡湊。

他沒什麼動靜，只是手臂收緊了些。

鄭書意看著他的下頜，呼吸輕輕地拂過他的喉結。

她抬頭，輕吻他的下巴，有些癢，有些溫柔。

時宴依然閉著眼，唇角卻徐徐勾了起來。

兩人的體溫在相擁的姿勢裡漸漸交融。

這麼側躺著，鄭書意手不方便，緩緩伸腳，趾尖滑過他的小腿。

冥冥燈光中，時宴只是皺了皺眉，手臂輕撫鄭書意的背，「別動，睡覺，乖。」

「……」平靜的夜裡，鄭書意深吸了一口氣。

被窩裡的拳頭卻硬了。

想她鄭書意貌美如花人見人誇，竟然淪落到主動靠色相勾引男朋友，而且還勾引失敗。

時某人不能人事實錘了。

安分了幾分鐘後，鄭書意突然氣呼呼地推開時宴，轉身背對他。

時宴在黑暗中問，「怎麼了？」

「沒事，我熱，離我遠點。」

真空穿吊帶睡衣去勾引時宴，已經是鄭書意能做出的最大膽的事情了。

這樣都失敗，大概這個男人在那方面真的很冷淡，無欲無求，可能一天天看著他帳戶裡的錢就能高潮。

鄭書意已經不對他抱有任何想法，甚至做好了擁抱柏拉圖的準備。

有了這樣的心理建設，鄭書意慢慢變得無所謂起來。

想怎麼穿怎麼穿，想怎麼躺怎麼躺，反正他都不會有什麼反應。

兩人便奇奇怪怪進入老夫老妻的模式。

通常時宴準備睡覺時，鄭書意早已洗完澡穿著睡衣安安靜靜地躺著看手機，身旁有沒有多一個人好像都一樣。

五、六天過去，鄭書意的手指已經好了許多。

去醫院拆了紗布，醫生只塗了一層薄薄的藥水。

甲床的瘀血由紅變紫，看起來還有點莫名的性感。

而鄭書意現在只要不擠壓到手指，平時拿點不重的東西已經不成問題，打字或者使用滑鼠更是不在話下。

恰好這天晚上時宴有個應酬，鄭書意便跟秦時月一起去外面吃的飯。

回到家裡已經接近九點。

她洗了澡，感覺有點冷，於是在吊帶裙外套了一層浴袍，坐到書房查收郵件。

明天要上班了，她堆積的工作也要開始著手整理了。

不知不覺一個小時過去，窗外下起了小雨。

鄭書意揉了揉脖子，螢幕下方的訊息小圖示閃了起來。

畢若珊：『絕了，我今天聽說一件事。』

鄭書意：『怎麼了？』

大晚上的，畢若珊自然是來講八卦的，鄭書意和她聊著聊著便忘了正事。

直到書房被時宴打開。

鄭書意劈哩啪啦打了一串字後，回頭道：「你回來啦？」

時宴沉沉地看著她，「嗯」了一聲。

鄭書意打了個哈欠，站起來朝外走，「那我去睡覺了。」

經過他身邊時，鄭書意聞到一股隱隱的酒氣，她突然停下。

「你喝酒了？」

時宴：「一點。」

「哦。」鄭書意繼續往外走，「那你早點睡覺。」

回到房間，她躺上床去，換手機傳訊息給畢若珊。

鄭書意：『不說了，我要睡覺了。』

畢若珊：『這麼早？』

鄭書意：『早嗎？快十一點了。』

畢若珊：『妳前幾天都是淩晨之後才睡的。』

畢若珊：『哦，難道妳今天……有性生活了？』

書房裡，鄭書意的電腦沒關。

時宴脫了外套坐下來，正準備幫她闔上電腦時，突然看見螢幕上的聊天軟體對話框，跳出一行字。

——『沒有。』

緊接著，對話還在繼續。

——『哈哈哈哈真的假的？一張床睡這麼多天了妳還沒有性生活？』

——『無語，我穿睡衣勾引都沒有用。』

——『哈哈哈哈姐妹妳也太失敗了吧。』

——『關我什麼事？是他不行。』

和畢若珊吐槽完，鄭書意並沒有立刻放下手機睡覺，而是切到社群隨意地滑了起來。

時宴進來時，她連個眼神都沒給。

但餘光卻看見時宴站在床前解領結。

他平日裡總穿襯衫、西裝褲，完美地勾勒出他的身材線條，看起來冷冷清清，不食人間煙火。

但每次他解領帶的時候，鄭書意總忍不住多看兩眼。

手指一緊，手臂一扯，像撕開了偽裝的斯文面具，男人的侵略本性也在那一舉一動中盡數流露。

然而當他扯下領帶扔到床上時，鄭書意別開了眼，問道：「你要去洗澡了？」

時宴：「嗯。」

「哦。」

一陣水聲後，腳步聲響起。

鄭書意並不在意，拂了拂頭髮，注意力早已經重新回到手機上。

突然，時宴坐到她身邊，摘了眼鏡，然後奪走她的手機，一起放到床頭櫃上。

鄭書意：？

然後，小腹前的腰帶被解開，睡袍被他剝落。

鄭書意：？？

還沒反應過來，時宴已經欺身壓了過來。

鄭書意：？？？

灼熱的氣息夾著酒氣鋪天蓋地而來，鄭書意瞬間便被掠奪了呼吸。

他的手指插入她的髮間，扶著她的頭，吻得熱烈，還有一點粗暴。

一切來得太突然，鄭書意什麼準備都沒有，下意識將雙手抵在他胸前。

想回應他的吻，可她根本無力招架，情不自禁嗚咽出聲，只能任由他從唇舌間，猛烈地占據她所有的意識。

纏綿間，鄭書意的雙手慢慢上滑，勾住他的脖子。

也是在這時，裙擺突然被撩起。

鄭書意倏地睜大了雙眼。

映入眼簾的，是時宴帶著濃重欲念的眼神。

是逼視，也是勾引，直勾勾地看著她，唇舌溫柔了下來，輕咬著她，手卻輕撫著鄭書意的小腹，像逗弄一般，緩緩往上。

鄭書意猛然抽氣，渾身瞬間輕顫。

這、這突如其來的車是為何？

還不等她回過神，時宴又重重地吻了下來。

他的掌心只是溫熱，所過之處，卻讓鄭書意感覺自己每一寸肌膚都在燃燒戰慄。

鄭書意腦子裡轟然一片，眼前天旋地轉，吊燈似乎都隨著她的身體一同戰慄。

「你、你……」她雙頰潮紅，半張著嘴，卻說不出一句完整的話。

時宴的動作停了下來。

他一隻手撐在鄭書意身側，一隻手撫摸著她的臉頰，拇指輕輕撫過她的唇角。

「心疼妳，害怕控制不住的時候，會傷到妳的手指。」他的聲音低啞到有了蠱惑的效果，「結果妳說我不行？」

鄭書意：「……」

她什麼話都說不出，只能一下又一下地眨眼。

「是不是我一直太縱容妳了？」

因為沒有戴眼鏡，時宴瞇了瞇眼，沒有等她回答，一下又一下地親吻她的耳垂。

「我、我不是……」她雙手攀著時宴的肩膀，說出來的話完全變得不像她的嗓音，「我……」

「我不是來聽妳解釋的。」

鄭書意的呼吸再也不受自己控制，胸口一下又一下地劇烈起伏，連窗外的雨聲都聽不見，只有自己猛烈的心跳聲。

「別、別看了……」

窗外雨聲越來越大，簌簌落葉帶著水濕漉漉地貼到了窗上。

混混沌沌之間，鄭書意聽見時宴低聲說：「書意，妳好敏感。」

像沉進了滾燙的泉水中，鄭書意的意識在一點點渙散。

她咬著左手的指尖，朦朧睜眼，眼波在燈光下沉浮流轉。

片刻後，她朝時宴伸手。

他應著她的邀，俯身吻住她的時候，她的手纏住他的後頸。

服帖的襯衫在纏綿中皺褶、剝落，淩亂地散落在床單上。

春天的雨甚少來得這麼急促而猛烈。

充張盈滿間，鄭書意曲起雙腿，雙手緊緊扣住時宴的雙肩。

她半睜開眼，刺眼的燈光晃動著，他肩膀的肌肉曲線在她眼前忽近忽遠。

鄭書意感覺到，自己的意識在一次又一次地撞擊中消散流逝。

她看見他眼底的泛紅，看見他額變的青筋，看見他眸子裡的自己，如墜入湍流的樹葉。

沉沉浮浮，全都隨著他。

直到指尖在無法自持中深掐他的後背時，一股不同的刺痛襲來。

鄭書意倒吸了一口冷氣，倏地鬆開手。

時宴也在這一刻停下，垂頭看著她。

許久，許久，兩人都平靜下來時。

「你現在……」鄭書意的語氣裡有一絲委屈，更多的卻是脫力感，「現在就不怕……我不受控制……弄疼手指嗎？」

時宴緊緊看著她，平靜下來的呼吸在她潮紅的雙頰引誘下再次起伏。

突然，他伸手抓起落在一旁的領帶。

鄭書意睜眼，看見他帶著汗珠的喉結在滾動。

隨後，她的雙手被捉住，反剪於頭頂，緊靠著床頭的木柱。

那條絲製的領結纏了上來。

一圈又一圈，潔白的手腕與黑色的領帶交融出極具視覺衝擊力的效果。

鄭書意又閉上眼，聽見他的聲音在耳邊低沉縈繞。

「這樣就不會了。」

黑雲層層，夜雨沒有停下的趨勢。

池塘裡激蕩出一圈又一圈的水波。

鄭書意在他一聲又一聲地誘哄中，再一次隨著他沉淪。

第三十二章　姐姐

這場雨不知什麼時候悄然停歇的，只留下微弱的蟲鳴隱藏在瑟瑟風聲中，沉睡的人完全聽不見。

室內。

鄭書意趴在枕頭上，薄被淩亂地搭在她身上，汗濕的長髮披散在白色枕巾上。

肩膀以下，半張背都裸露在外，柔和吊燈灑下光柱，將蝶骨上的紅印襯得格外明顯。

她睜眼看著床邊的時針指向淩晨兩點半，臉上潮紅還未完全褪去。

然而一旁的人也還沒完全安分下來。

時宴從她身側覆身擁過來，細密的吻落在她的背上，帶過一陣陣過電般的酥癢感。

偌大的房間，空氣卻很稀薄。

鄭書意閉上眼，眉心微抖，每一口呼吸都聞到了曖昧的氣息。

「不要了……」她往床邊縮了縮，反手推開時宴，「我明天要工作，你煩死了。」

時宴的吻停滯在她後頸，拂開她貼在臉邊的頭髮，隨後起身，「那去洗澡休息吧。」

鄭書意卻癱著沒動。

直到感覺到時宴的手碰到她的腿，試圖抱起她的時候，她卻反射般坐了起來。

然後胡亂地披上睡袍，低著頭推開他就下床，「我自己去洗，不用麻煩你。」

那幾天莫名滋生的老夫老妻般至親至疏的感覺，就在這一晚全面崩塌。

鄭書意踏進浴室關上門的那一刻，最後的力氣散盡，她背貼著牆壁，痠軟的腰腿慢慢往下滑。

牆對面正好是一整塊的大理石，在明亮浴室燈光下，有鏡子的效果。

鄭書意看著牆面映著自己的身影，适才的一幕幕又倒湧到眼前。

她深吸一口氣，抬起手來，看見手腕處一圈紅痕，氣息又變得灼熱。

實在控制不住去回想，快要瘋了，她便用手心貼著牆壁，以冰涼的觸感褪去滾燙的感覺。

原來時宴不是跟她打嘴炮。

但說的也不是完全客觀。

——不是坐在他腿上才會有反應。

親吻、愛撫、甚至只是脖頸間的纏綿觸感，都像一點即燃的導火索。

更難以置信的是，鄭書意發現自己也是如此。

而且，她覺得自己從此以後，再也無法直視「寶貝」這個稱呼了。

到現在，一想起時宴在床上這麼叫她的樣子，和接下來發生的事情，她就會感覺到一陣缺氧。

每一次，他這麼叫著，越是動情，她就勢必要承受越多。

可是她卻沉迷於他這麼叫她時的極致溫柔。

他分明就是知道她會受到蠱惑，心甘情願地滿足他無度的予求予取。

由於實在是精疲力盡，鄭書意只是簡單地沖洗了一遍就走了出來。

回到臥室，她環顧四周，卻不見時宴的身影。

一個大活人總不會在自己家裡人間蒸發的，所以她也沒在意，只是坐到床邊時，看見垃圾桶裡的東西，情緒又被調動起來。

但再怎麼羞於直面，她也要收拾一下，不然明天做家政的阿姨打掃看見，會更讓她無地自容。

所以時宴進來時，便看見鄭書意蹲在垃圾桶旁整理東西。

他無聲地走到她身後，「我來弄。」

鄭書意聞言，手一抖，反而加快速度，三下五除二把袋子打了個結，起身後，又用腳踢遠了些。

然後故作坦然地抬起下巴問他：「你什麼時候買的？」

時宴偏頭看著看，似乎是努力回想了一下，才說道：「不記得了。」

鄭書意覺得他可能是不好意思了，雖然這個可能性很小，「那您可真是未雨綢繆。」

時宴順著她的腳，目光一路流連到她眼睛，很自然地點了點頭，「嗯，肖想妳很久了。」

「……」

這話雖然聽起來有點色情，但只要不刻意回想適才的事情，這就是一種誇獎。

於是鄭書意的下巴昂得更高了，「那你是對我見色起意囉？」

時宴：「我以為剛剛的表現已經給了妳答案。」

「……」鄭書意的下巴又縮了回來。

她就知道，這個人在獨處的時候，是不可能不好意思的。

為了掩飾自己有點不好意思，她伸手往時宴胸前推了一把，卻反被他抓住手，拉進了懷裡。

這麼一靠近，鄭書意竟然聞到了一股淡淡的菸味。

「你剛剛居然去抽菸了？」

「有什麼好驚訝的，」時宴低頭，用下巴蹭了蹭她的頭髮，連嗓音裡都帶著饜足的感覺，「難道妳不值得一根事後菸嗎？」

鄭書意沒想到，她竟然能在時宴嘴裡聽到這樣直白，又有一點下流的誇獎。

可此情此景下，她卻覺得他說這話的語氣，和他叫「寶貝」時一樣性感。

這一晚的後半夜，於鄭書意而言，是多日來難得的沉睡。

那幾天，兩人沒有突破最後一層親密，鄭書意在他懷裡睡著的時候始終有幾分收斂。可如今，她睡意兇猛襲來，卻不忘肆無忌憚地要抱、要摟、要哄。意識消失前的最後一秒，她隱隱約約地記得，自己似乎快要像八爪魚一樣吸附在時宴身上了。

這樣的情況下，難得第二天兩人還能準時起床。

天一亮，時宴站在衣帽間整理衣衫，神色嚴肅，又是一副衣冠楚楚的模樣。而鄭書意半靠著桌子，以觀賞的態度看著他慢條斯理地繫領帶、戴手錶。

等他轉過身了，鄭書意突然笑著朝他張開雙臂。

大概是昨晚看多了這樣的眼神，時宴已經不需要猜測她的意圖，直接上前抱著她，在她額頭上親了一下。

鄭書意很滿意地笑了笑，然後和他一樣神情肅穆地轉身朝外走去。

畢竟她知道，一離開這個房間，外面有做早餐的阿姨和等著接送的司機兩雙眼睛看著，時宴這男人必定一秒變臉，擺出一副我們只是晚上會睡在同一張床上但我們並不是很熟的死樣子。

果不其然，時宴坐到餐桌上，已然和他夜裡判若兩人。

過了好幾分鐘，鄭書意受不了這沉默，頻頻看他好幾眼，他也沒有要說話聊天的意思。

於是鄭書意只好跟手機聊天。

她掏出手機看了一眼，見群組裡幾個人在討論一件事，便隨口問道：「我剛剛看同事群組裡說，你們銘豫對辰耀地產停止貸款，為什麼呀？」

時宴：「嚴格貸款投向極其資金運用本來就是銀行風控的重點，停止對辰耀地產的貸款是銀行規避金融風險需要採取必要措施，妳有什麼看法嗎？」

鄭書意：「……」

我沒有什麼看法，只是想隨便聽聽八卦。

不知道的還以為我們昨晚躺床上探討了一晚上銀行風險控制的措施呢。

「沒什麼。」

「那就吃飯。」

多虧了時宴飯桌上的一番無情操作，鄭書意到公司的時候，沒人會覺得她一臉倦容是因為在床上累得半死，只會猜測她又熬夜加班做哪位大人物的專訪提綱了。

手指受傷請假在家還如此努力，誰不嘆一句書意不紅天理難容。

時隔七天回來上班，手頭不忙的同事都過來問候一下鄭書意的傷勢，直到總編來了，辦公區才澈底進入工作狀態。

「哈，跟妳說件事，」孔楠端著果汁，蹬著轉椅挪過來，小聲說，「今天早上進電梯的時候我聽闞瑋藝她們那幾個說，許雨靈六月就要調去寧州分部了？」

「我知道。」鄭書意點頭，「那天我從公司回家後主編就跟我說了。」

「還真是因為那件事呀。」孔楠不可置信地看著鄭書意。

到如今，許雨靈私下造謠那件事沒有在公司流傳開來，孔楠以為是這件事還沒解決，上面們還在斟酌，沒想到結果早就下來了。

主管沒有說出去其實可以理解，一是想要公司儘量少些無關的八卦，二是給老員工留點面子。

「妳知道嗎，她跟人說是她想換個環境，江城的工作壓力太大了，所以才要調去分部的。」孔楠說著說著就翻了個白眼，「我要是妳啊，就跟正牌男朋友告狀了，她還想體面離開呢。」

「沒必要。」鄭書意端上咖啡，和孔楠手裡的果汁碰杯，「我已經很滿意這個處理了，而且妳當我男朋友是黑社會的啊？我們雜誌社跟他又沒有關係，難不成還找人把她揍一頓？」

孔楠乾笑兩聲，扯著嘴角說：「妳男朋友那種背景，放一百年前跟黑幫有什麼區別？」

早上的摸魚時間就此打住，兩人紛紛開始搬磚。

週一的咖啡都要消耗得多一些，大多數人都還帶著週末的睏倦，加上生理性的春睏，整棟辦公大樓都沒平時生氣勃勃。

直到下午五點。

夕陽西下，暮色冥冥，此起彼伏的鍵盤聲聽著特別沉默。

一個平時就有些大驚小怪的小女生拿著手機「哎呀！」了一聲，隨後金融組每個人的手機都接二連三地響了起來。

鄭書意也不例外，只是她動作稍慢了一步，等她看完各種訊息時，孔楠已經向她投來了渴求八卦的目光。

大家收到的訊息很一致，全都來自社群上一個普通人發的四、五張照片。

照片上的人是宋樂嵐在醫院裡和一個中年男子相擁。

這種國民度高又私生活隱祕的歌手瞬間引爆娛樂熱議是很正常的事，但真正讓整個金融組震驚的卻是照片上的中年男人。

鄭書意盯著這幾張照片，看了一遍又一遍，眼神從不可置信到震驚再到震痛，連話都說不出來。

怎、怎麼會是，秦孝明？

照片上兩人的姿勢直接將兩人的曖昧關係錘死，其中一張照片還是秦孝明摟著宋樂嵐，那手、手都在她腰上搭著。

她和孔楠對視片刻，從她眼裡也確認了這個資訊後，才恍然回神般，握著手機跑去陽臺。

時宴的電話好一陣子才接通。

「你、你在哪啊？」

鄭書意聲音微顫，還沒問他有沒有看到網路上的新聞，就聽他道：『我在醫院，時月出車禍了。』

「啊？什麼！」一波未平一波又起，鄭書意驚呼，「怎麼出車禍了？人呢？現在什麼情況？」

『沒有大問題，』時宴道，『不算嚴重。』

可鄭書意無法預估他語氣裡的平靜到底是天性還是真實情況，「在哪個醫院？」

『江城醫院。』

「我馬上過去。」

連包都沒拿，鄭書意匆匆下樓，隨手攔了一輛計程車。

坐上了車，她依然急得像熱鍋上的螞蟻。

一是因為秦時月的情況，二是因為，照片上和宋樂嵐相擁的男人是秦時月的爸爸，時宴的姐夫。

別的同事都關心秦孝明的這個桃色緋聞出來會對銘豫的股價造成多大的影響，而鄭書意只關心時宴會不會因此大受打擊。

畢竟那次她一提到姐姐，時宴笑得那麼開心。

二十分鐘後，車停在醫院門口。

鄭書意匆匆下車，穿著高跟鞋依然一路狂奔，到B棟三樓時，已經出了一身汗。

時宴就站在通道上等她。

鄭書意朝著他跑過去，一邊喘著氣，一邊問：「小月她真沒事吧？」

「沒事，只是嚇暈了，醫生已經檢查過了，都是皮外傷。」

時宴示意她往病房裡看。

探視玻璃裡，秦時月躺在床上正在跟護士說話。

鄭書意總算鬆了一口氣。

時宴：「跟妳說了沒事，妳怎麼這麼著急過來了。」

鄭書意聞言，直想瞪他。

以為人人都跟你一樣遇到事情淡定地像吃了絕情丹嗎？

可想到另外一件事，她捨不得瞪他。

「對了，你、你看新聞了嗎？」鄭書意心想他得到消息肯定比她要快的，所以也不把話說直白，「就是秦總被拍到了。」

「和宋樂嵐？」時宴竟然還是那麼淡定，「我看見了。」

鄭書意：「……」

「連這種事情你也這麼淡定？」

時宴把她往自己身前拉了一點，視線越過她，寥寥一眼後，低聲不語。

可能人在受了打擊之後就是這樣的吧。

鄭書意挺能理解時宴的故作堅強。

她垂下頭，心裡也是五味雜陳。

時宴扶了扶她的肩膀，試圖讓她抬起頭，「妳怎麼了？」

鄭書意：「我跟你一樣，也很難受的。」

時宴：「為什麼？」

鄭書意還震驚於遙不可及的偶像竟然和她有了這樣的關係，自言自語般說道：「沒想到我和偶像距離拉得最近的一次，竟然是她和我男朋友的姐夫做出了這種事情。怎麼會這樣啊……怎麼會是秦總和宋樂嵐呢？」

「大家都說她德藝雙馨，結果她居然做出這種事情。」

「她還說她永遠歌頌愛情，可笑。」

「自己不覺得臉疼嗎？」

時宴：「……」

他抬起頭，看向鄭書意身後的女人，輕聲叫了一聲「姐」。

沉浸在震驚與失望中的鄭書意聽到時宴那一聲「姐」，心情更難以言喻。

她知道，那位深居簡出的時懷曼來了。

沒想到第一次和時宴的姐姐見面，居然是在這樣難堪的場景。

那種被背叛的感覺她太懂了。

何況還是這麼多年的結髮夫妻，一朝夢碎，醜聞猝不及防被曝光在所有人面前，沒有人能一時間接受這個現實。

心理脆弱一點的，尋短見都是有可能的。

可是她現在對於時宴的姐姐來說，還只是一個初次見面的陌生人，甚至連安慰的立場都沒有。

所以鄭書意在時宴身前收斂了神情才緩緩轉身。

醫院長廊寂靜得像太平間，涼風陣陣。

——兩秒後，鄭書意再次轉身，把頭埋進時宴懷裡。

雖然睜著眼，眼珠子卻沒動一下。

要不是時宴的胸膛因為呼吸在起伏，她可能會以為自己在做夢。

她拍兩下自己的臉頰，靜靜地吸了一口氣，再次轉過頭去。

因為意識有些不清醒，甚至覺得一切都是幻覺，所以她明目張膽地打量著面前女人的眼睛、鼻子、嘴巴。

看了三遍後，鄭書意確定，自己確實是出現幻覺了。

醫院長廊依然長久的安靜，並未因為有三個活人而變得熱鬧。

鄭書意彷彿化作雕像，一動也不動，眨也不眨眼地盯著眼前的人。

直到時宴攬著她的肩膀，平靜地說：「書意，叫姐姐。」

叫姐姐。

姐姐。

鄭書意終於眨了眨眼睛，從腳底僵到了脖子，腦子卻被一道雷劈得外焦裡嫩。

時懷曼就是宋樂嵐，宋樂嵐就是時懷曼。

在這幾秒鐘的時間裡，她試圖換位思考，將心比心。

如果有一天她的爸爸帶著劉德華站在她媽媽面前並說道：「老婆啊其實劉德華是我常掛在嘴邊那個親兄弟現在我把他領過來啦妳開心嗎？」

她的媽媽會怎樣？

這個不爭氣的女人可能會當場暈厥。

雖然鄭書意覺得自己離當場暈厥只差了一根頭髮的距離。

這一根頭髮僅能勉強支撐她的嗓子發出聲音，「姐……姐。」

乾巴巴的兩個字，讓人懷疑她才是應該躺在搶救室的那一個。

宋樂嵐面無表情地點了點頭。

她在突如其來聽見眼前這個女孩脫粉回踩的精彩發言後也不知道該擺出什麼樣的表情。

可是下一秒，她就聽見面前的女孩說：「您長得和宋樂嵐可真像啊。」

宋樂嵐依然不知道擺出什麼表情，只好再次點頭，「嗯，大家都這麼說。」

「……」

宋樂嵐一句話再次將鄭書意的尷尬推到了珠穆朗瑪峰。

她經歷了第二次社會性死亡。

並且還是無法輪迴投胎的那種死亡。

突然，一個護士從病房內推開門，探身示意宋樂嵐進去。

她說知道了，再次回頭看向鄭書意和時宴，「那我進去了。」

鄭書意沉默著沒動，只有時宴「嗯」了一聲。

宋樂嵐轉身朝病房走去。

與此同時，鄭書意望著前方空蕩的走廊，冷冰冰地說：「你就沒有什麼想跟我說的嗎？」

宋樂嵐聽到後，突然停下腳步，回頭道：「哦，有啊。我結婚了，忘了告訴歌迷們。」

鄭書意：「……」

她是在問時宴。

等病房門關上後，鄭書意才緩緩轉身，看著時宴。

一如剛才的表情，她愣怔看著他，彷彿失去了靈魂。

這時的時宴，雖然親外甥女還躺在病床上親姐姐面臨著演藝生涯中最大的輿論風波，卻依然想笑。

他伸手摸了摸鄭書意的頭髮，即便是在醫院，也忍不住在她耳邊親了親。

「妳怎麼這麼可愛。」

鄭書意卻並沒有因為這個吻有任何的觸動。

她雙眼空洞，毫無感情地說：「好笑嗎？」

如果時宴知道自己接下來的回答會決定他今晚睡客廳還是客房，他一定不會——讓笑意肆無忌憚地流露到臉上。

病房內，秦時月看見宋樂嵐進來，立刻委屈地想哭。

「媽，我看到新聞了。」她垂著腦袋，哽咽著說，「對不起。」

宋樂嵐長嘆了一口氣，「傻，妳有什麼對不起我的。」

本來這些年費了大力氣去隱瞞婚姻情況，為的就是給她的家人正常的生活，不希望他們受她影響，一舉一動都被娛樂媒體關注。

可是在接到電話聽到秦時月出了車禍不省人事時，她什麼隱私都管不了了，直接從節目錄製現場趕來醫院。

這半小時的路程她心裡經受了什麼，沒有做過母親的人很難感同身受。

所以在親耳聽醫生說秦時月沒事時，宋樂嵐才像那個從鬼門關闖了一道的人，渾身力氣盡數被抽乾。

那一刻，她沒想過自己的明星身分，也忘了自己這多年來的行為習慣，忍不住在人來人往的醫院抱著丈夫無聲地痛哭。

被拍到這件事，自然怪不了任何人。

很快，秦孝明也帶著人進來了。

不到兩個小時，宋樂嵐和他的事情在網路上迅速發酵。

所以在確認秦時月沒事後，他便被各方打進來的電話包圍，就連助理和祕書的電話都都差點被打爆。

同時，負責處理事故的交警和肇事司機也來到了醫院。

這場車禍秦時月是個實實在在的受害者。

她下午閒得沒事，找了個藉口去找喻遊，居然被拒絕了，於是打算開著車去散心。

結果心沒散，卻被一輛轉彎錯道的逆行司機嚇到魂飛魄散，方向盤一打，直接撞上了路邊大樹。

等她醒來，人已經在醫院了。

幸好她只是嚇暈了過去，身體上倒是沒什麼傷害。

不過醒來一聽說肇事司機則是因為發燒吃藥後疲勞駕駛造成的此次事故，她差點又背過氣去。

司機是個年輕男人，看見秦時月除了臉色有些白以外沒什麼事情，總算是鬆了一口氣。

可是交警一提到「賠償」兩個字，司機想起那輛被撞壞的跑車價格，頓時六神無主，抖著雙手哆哆嗦嗦地為自己求情。

一個大男人，說著說著還哭了起來，宋樂嵐看得糟心，不想見到這個人。

於她而言，只要秦時月沒事，什麼都無所謂了。

於是她拉低帽檐，揮了揮人，「人沒事就好，其他的我也不想計較了。」

話音剛落，秦時月拍床而起。

「憑什麼就不計較了？我沒死是我命大，難不成還是他的運氣了？」

「他這種人是怎麼從駕訓班畢業的？疲勞駕駛不懂嗎？眼睛都睜不開了還開什麼車？」

「今天沒被他撞死是我年輕反應快，那萬一是個身體不好的老人呢？」

「不給他點教訓他下次還出去禍害人！」

病房內所有人，包括交警和醫生都震驚得說不出話。

大家目瞪口呆地看著秦時月，就聽這位財大氣粗的千金大小姐中氣十足地說道：「賠錢！我的車！我的醫藥費精神損失費！」

「全都要賠！就算砸鍋賣鐵也要賠！」

「一分錢都不准少！」

秦時月說完還不解氣，枕著靠枕，胸口久久不能平靜。

直到她扭頭，看見門口的時宴、鄭書意。

以及不知道什麼時候出現的喻遊。

意識到自己精緻小公主的形象轟然倒塌，秦時月緩緩回過頭，兩眼一閉，選擇自行離開這個美麗的世界。

既然秦時月沒有什麼大事，這一家人自然也不方便全都留在醫院裡。

秦孝明留下來陪著秦時月，相對而言，宋樂嵐的公關任務更為緊急。

時宴送宋樂嵐離開時，醫院外面已經圍了不少記者。

有電視臺的、報社的，還有各路娛樂記者，長槍短炮四處架著，引起行人頻頻回頭關注。

宋樂嵐應對這種情況很有經驗，不會讓他們發現自己的蹤跡，所以根本沒有出現在大門和停車場。

而鄭書意就沒有這麼從容了。

不久前，鄭書意還以為那次機場倉促的合影是她和宋樂嵐這輩子唯一的近距離接觸。

畢竟普通人與娛樂圈隔著一個壁壘，他們永遠在觸手可及卻又無法真實觸碰的螢幕裡，有時候甚至會讓人覺得他們其實生活在另一個平行空間。

結果一眨眼，有人告訴妳這位家喻戶曉的大明星是妳男朋友的親姐姐，同父同母的那種。

僅僅花了一個小時接受這個現實，鄭書意覺得自己已經很爭氣了。

於是在宋樂嵐上車前，鄭書意終於想起了遲來的道歉，「對不起啊，姐、姐姐……今天說那些話，是因為我不知道妳就是小月的媽媽。」

「沒關係，不知者無罪。」她回過頭，看了時宴一眼，「不過時宴一直沒有告訴妳嗎？」

「……」

宋樂嵐並不知道，她這個合乎情理的疑問，親手將自己的弟弟推進了死亡的深淵。

殘陽如血，像慢放的電影鏡頭在天邊翻湧。

目送宋樂嵐的保姆車開走後，時宴抬手，試圖牽自己女朋友去停車場。

然而他剛剛碰到她指尖，她便猛地抽開自己的手，抬頭瞪著時宴。

見他一副雲淡風輕的樣子，鄭書意更是氣不打一處來，伸手按著他的胸口用力推了一把。

時宴完全沒留神，猝不及防被她推地倒退兩步。

他抬了抬眉梢，看著鄭書意，「怎麼了？」

還好意思問怎麼了？這一秒你單身了。

鄭書意扭頭往醫院大門走，其腳步之快，氣勢之足，讓時宴真切地感覺到自己可能要涼。

他追上去，帶點討好地喊她：「書意？」

鄭書意不僅沒理他，腳步邁得很更大了。

時宴伸手去拉她，毫無意外地被甩開，再拉，還是被甩開。

直到人已經走出了醫院大門，時宴用力握住她的手，根本甩不開。

鄭書意不做無謂的掙扎了，但人也站著不動了。

她氣鼓鼓地看著街對門，絲毫沒有給身旁的男人一個眼神。

時宴側頭看她，「生氣了？」

鄭書意不理。

大街上人來人往的，以時宴對鄭書意的瞭解，指不定她會做出什麼事情，於是說道：「我們先回家再說。」

鄭書意：「我沒有家的。」

時宴：「……」

他輕嘆了一口氣，轉而站到鄭書意面前，半彎著腰，做足了哄人的表面功夫，「我沒有一開始告訴妳這件事，只是想給妳一個驚喜。」

結果沒想到成了驚嚇。

是嗎？

鄭書意冷笑，別開了臉。

時宴伸手捧著她的臉頰，拇指輕輕摩挲，「別生氣了，好嗎？」

鄭書意依然沒說話，目光卻越過他的肩膀，直直地看著街對門一個地方。

她看了許久。

時宴眸光微動，問道：「妳在看什麼？」

鄭書意眨了眨眼睛，看起來在認真思考：「不知道他們收不收不要的男朋友。」

時宴尋著她的目光回頭。

街對面的一家破破爛爛的店面前立著一個碩大的招牌——回收廢品。

和一個正在循環播放的破音喇叭——「收——破——爛——咧——」

第三十三章　小舅媽

大概是喇叭裡一聲聲不合時宜的吆喝對時宴的衝擊力太大，他有些分不清鄭書意現在腦子裡到底在想什麼。

而且鄭書意的話也確實讓他沒辦法接。

沉默片刻後，時宴拉住鄭書意的手，決定直接跳過這個環節，「不早了，回家吧。」

「嗯，你說得對，不早了，」出乎意料地，鄭書意居然順著他的話點了點頭，「是該回家了。」

事出反常必有妖，時宴站著不動，細細地打量她幾眼，確定她是真的不鬧了，才打電話叫了司機過來。

然而一上車，鄭書意卻說道：「去泰臨府。」

泰臨府是她自己住的社區。

司機也沒多想，一腳油門直接踩了下去。

時宴側頭看了鄭書意一眼，緊抿著唇鬆了鬆領帶，隨後小心翼翼地明知故問：「不回家嗎？」

鄭書意別開臉不看他，「回啊，我聽你的話啊。」

「回我自己家。」

時宴凝視她片刻，收回目光，淡定吩咐司機，語氣卻是不容置喙，「回博翠雲灣。」

司機說好，又打方向盤準備掉頭。

鄭書意見狀，立刻拔高了聲音說：「我要回泰臨府！」

司機握著方向盤不知所措，從後視鏡裡看向時宴。

而這一次，時宴只是平靜地點頭：「行，聽她的。」

鄭書意：？

她詫異地扭頭，見時宴也在看她，立刻收回視線，假裝什麼都沒發生。

竟然沒有預料之中的苦苦挽留，一句也沒有，多哄我兩句會死嗎！

鄭書意更氣了。

憋著氣到了社區門口，鄭書意氣衝衝地下車，往大門內走了兩步，發現時宴跟在她身後。

一回頭，她猝不及防撞進時宴目光裡。

冥冥暮色下，他鏡片邊框綴著倏忽亮光，卻不如他的眼神攝人。

直勾勾凝望著她時，彷彿全世界在他眼裡也只看見她一人，深邃眉眼直白流露出幾絲只有在親熱時才能看到的熾熱。

在這大庭廣眾下，他什麼都沒說，但眼神就像在調情。

鄭書意很不爭氣地臉紅了兩秒，然後倏地轉身。

合理懷疑他不會哄人只會色誘。

到了電梯口，鄭書意走進去，時宴也默不作聲地跟著她。

電梯緩緩上升，兩人都沒說話。

直到幾秒後。

「你幹什麼？」鄭書意彆彆扭扭地昂著下巴，「我回家了，你跟著幹什麼？」

「不幹什麼。」時宴立於她肩側，彷彿只是在電梯裡偶遇的鄰居，「準備睡一晚粉色床單。」

鄭書意：「……要點臉，我同意你去我家過夜了嗎？」

「那怎麼辦？」時宴站得挺直，手卻不動聲色地握住她的五指，「真的不跟我回家？」

「不回。」

幾秒後，鄭書意用最後的骨氣甩開他的手，「時宴，我跟你說，我這個人很要面子的，你今天害我在偶像面前這麼丟人，我跟你沒完。」

說完，電梯門正好開了，鄭書意拔腿便朝自己家門走去。

空曠的走廊裡，她的高跟鞋踩得很響。

總之先把氣勢做足了。

然而站到門口，她突然頓住。

伸手摸了摸衣服，又摸了摸褲邊，然後不動了。

時宴就站在她身後，好暇以整地看著她。

許久，他嗓音帶笑，「怎麼，又祈福？」

鄭書意：「……」

她什麼都沒說，轉身朝電梯走去。

時宴這次很給面子，沒問她什麼，再次跟上她的腳步，一點不耐煩都沒有表現出來。

只是到了樓下，時宴去牽鄭書意的時候，她沒有再甩開他的手。

只是埋著頭，依然氣鼓鼓的。

甚至在上車後，鄭書意也安分地縮在了角落裡，不再吭聲。

究其原因，不過是今天往醫院跑得太急，除了手機什麼都沒帶。

導致為時半個小時的離家出走計畫宣布失敗。

「晚上想吃什麼？」到家後，時宴脫了外套，朝廚房走去。

鄭書意沒看他的行蹤，背對著他朝房間走去，冷漠地丟下一句：「不想吃，沒胃口。」

時宴挽著袖口，不急不緩地說：「真的不吃？下次等我有時間下廚就不知道是什麼時候了。」

鄭書意腳步一頓，朝後仰了仰，像個圓規一般轉過身，果然看見時宴已經站在料理檯邊了，「跟我賠罪嗎？」

時宴從容點頭：「可以嗎？」

鄭書意：「那要看看你的廚藝怎麼樣了。」

時宴眼裡終於有了一絲笑意，轉身開冰箱：「應該還可以，妳想吃什麼？」

鄭書意：「滿漢全席。」

「……」

最終時宴當然沒能做出一頓滿漢全席，只是簡單的三菜一湯。

但折騰了這麼一陣子，鄭書意的氣也消了一大半，很給面子地坐了下來。

「我也不是很餓的，如果味道不好，我是不會將就的。」

時宴：「嗯。」

然而第一口上湯小白菜下去，鄭書意愣了愣，默默埋下了頭。

恨味蕾太不爭氣，恨嘴巴不受控制，恨時宴還隱藏殺手鐧。

半小時後，鄭書意看著自己乾乾淨淨的飯碗，一邊用紙巾擦嘴，一邊說道：「這次就算了，以後你再騙我的話，就算你變成米其林廚師我也不會消氣的。」

時宴放下筷子，慢條斯理地給她盛了一碗湯，才說道：「其實我也不算騙妳吧？」

鄭書意目光凝滯，仔細想了想。

好像也是。

時宴從來沒說過「宋樂嵐不是我姐」這種話。

「那你明知道我那麼喜歡她，卻不告訴我。」但鄭書意想想還是有些意難平，「這麼大一件事，你居然提都不提。」

「我沒提過嗎？」時宴把湯碗推給她，「上次陪妳去吃麵，我還問了妳要不要跟她說話。」

鄭書意瞬間被時宴的話拉回那一晚的記憶中。

那天的歡笑畫面猶在眼前，然而在真相大白後，變成了黑白色。

「那你姐姐沒在你們公司裡工作，平時都做什麼啊？」

「她啊，就每天唱唱歌跳跳舞，沒什麼別的事。」

「你笑什麼？」

「沒什麼。」

「那你給我看看照片嘛，我有點好奇。」

「我沒有她的照片。」

鄭書意漸漸握緊了拳頭，「時宴。」

聽到她語氣似乎有些不對了，時宴頓了片刻，才抬起頭。

然而還沒說話，鄭書意便看見他眼裡與那晚如出一轍的笑意。

那時她還自作多情以為他會因為她陪著吃飯就很開心。

原來是在看免費的喜劇。

「怎麼了？」時宴輕聲問。

鄭書意倏地站起來，「你真的好煩人！」

看著她氣急敗壞地連鞋子都沒穿就往房間跑的背影，時宴手臂搭在椅背上，渾身放鬆，

然後——笑出了聲。

然而三個小時後，當時宴處理完工作，準備回房間洗澡時，他笑不出來了。

他第二次轉動門鎖的時候，稍用了些力，卻還是推不開。

鎖了？

時宴抬手敲了敲門，「書意？」

沒人應聲。

「書意？睡了嗎？」

「書意？」

等了好一陣子，裡面終於傳來了聲音。

「客廳沙發大，客房枕頭軟，你自己選吧。」

「……」

這三個小時，鄭書意感覺自己像個傻子，一下子開心得揉枕頭，一下子又氣得抓頭髮。

開心的是她竟然和自己喜歡的大明星有了這麼密切的關係。

是她男朋友的親姐姐耶！

平時可以坐在一起吃飯過年還會發紅包給她的那種親姐姐！

這是鄭書意曾經連做夢都不敢想的事情。

氣的是第一次見面她就幹了這麼傻的事情。

時宴還眼睜睜看著，明知道宋樂嵐出現在她身後了也不提醒。

在男朋友的親姐姐加偶像的雙重身分下丟臉，鄭書意至今想起來還一陣起雞皮疙瘩。

在這三個小時，宋樂嵐那邊也沒閒著。

事已至此，照片是鐵證，她也沒辦法再去做無謂的掙扎。

就算萬分之一的可能，媒體沒順著這張照片扒出她和秦孝明的關係，這也是他們兩人以後洗不清的黑點。

經過多方的利益權衡，晚上十點，宋樂嵐選擇公開這個埋藏了二十多年的祕密。

文案發出的那一瞬間，崩潰的除了社群還有各位工程師，以及已經下班回家的各個娛樂媒體工作人員。

僅僅十分鐘，但凡是用上了4G網的人都知道了這個消息。

秦孝明身後人物關係並不複雜，兩人的夫妻關係一公布，媒體自然也就知道了宋樂嵐就是時懷曼，是時文光的女兒，時宴的姐姐。

在各個社交軟體都炸開鍋的時候，鄭書意已經把這件事消化得差不多了，正盤著腿坐在床上塗抹著身體乳。

但她並不清淨。

先是孔楠打電話跟她再三確認自己是不是眼花了，再是畢若珊打電話過來一陣尖叫。

『真的假的啊！宋樂嵐啊！居然是妳男朋友的親姐姐！』

畢若珊太過於激動，聲音大得刺耳，鄭書意嫌棄地把手機丟到一邊，開了擴音，繼續抹身體乳。

「是真的，但妳也淡定點，快把我耳膜震破了。」

畢若珊哪裡淡定得下來，要是妳突然知道妳閨密的男朋友是家喻戶曉大明星的親弟弟，妳能淡定嗎？

況且她本來在跟朋友喝酒，酒精上頭，加上八卦太過勁爆，能把一句話說完整就不錯了。

『鄭書意妳太不夠意思了啊！這麼大個事妳居然一直給我憋著！』

鄭書意冷笑：「說出來妳可能不信，我也是今天才知道。」

畢若珊：『這不可能吧！時宴居然連這個都不告訴妳！太過分了吧！』

「對啊！」一提到這個鄭書意就來氣，猛地蓋上身體乳蓋子扔到一邊，「我現在把他鎖門外呢，沒消氣之前他休想進來。」

話音剛落，房間門鎖突然被轉動。

鄭書意愣了一下，時宴推門走了進來。

手裡還拿著鑰匙。

「……」

幾乎是下意識的反應，鄭書意立刻跳下床去趕人，「讓你進來了嗎！你出去出去！我還沒消氣！」

這次時宴有了準備，不會不留神就被她推開。

看著她在自己面前揮舞了幾下爪子，時宴乾脆抓住她的手，把人打橫抱起來，扔到床上。

「撲通」一下，鄭書意還沒回過神，時宴便俯身壓過來，雙臂撐在她肩膀旁。

由於掙扎而紊亂的氣息還沒平靜下來，看著時宴雙眼的那一瞬間，鄭書意突然屏住呼吸。

臥室暖意洋洋，燈光朦朧得像蒙了一層紗，照得時宴雙眼越發深邃。

他靜靜地看著她，眸子裡亮光閃動。

溫柔到極致，便是一種勾引。

片刻後，他伸手拂開鄭書意臉頰上的頭髮，低聲問道：「到底要怎麼才消氣？」

在他的氣息籠罩下，鄭書意感覺空氣有些稀薄，有了缺氧的緊張感。

時宴又湊近了些，呼吸拍到她鼻尖上，「嗯？說話。」

就在這時，枕邊那個手機裡突然傳來畢若珊肆無忌憚的聲音，『哈哈哈這還不簡單！一炮泯恩仇啊時總！』

「……」

這一瞬間，鄭書意突然擁有了好幾棟房——全是她用腳趾摳出來的。

畢若珊說完這句話後，明顯感覺到電話那頭陷入了詭異的沉默。

所以即便是酒精醞壞了腦子，她還是很自覺地掛了電話。

忙音響起後，房間的空氣彷彿停止流動。

如果時間可以倒回十分鐘，鄭書意一定不接這個電話。

如果可以倒回七年，她一定跟輔導員申請換大學宿舍。

而此刻，鄭書意除了僵硬，做不出其他表情，看著身上的時宴，連眼睛都忘了眨一下。

滿懷都是鄭書意的身體乳味道，帶著一股玉蘭幽香，時宴也不說話，只是看著鄭書意，那眼神彷彿在說「妳覺得妳朋友說的那個提議怎麼樣？」

不怎麼樣。

鄭書意別開臉。

隨後，時宴的吻便落在她的耳垂。

差點忘了，這人有親吻耳垂的癖好。

鄭書意半掙扎著伸手抵住他，「時宴，你好歹讓我把脾氣發完……」

這下不僅脾氣沒發完，連話都沒說完。

不過時宴今天好歹有點自知之明，知道自己是賠罪的那一方，吻得溫柔而繾綣。

連呼吸也纏綿，唇舌的交纏很快使鄭書意便潰不成軍，嗚咽著的拒絕變成了一種誘惑。

當她雙手忍不住勾住時宴的脖子，仰著下巴回應他時，這一天的博弈正式宣告結束。

等鄭書意有空間喘口氣時，睡裙已經不知道什麼時候被堆到了胸口。

臥室裡明明沒有風，鄭書意卻感覺吊燈都在晃動，十指扣著時宴的背，一點點陷入肉裡。

每一根神經都不再受自己的控制，雙眼漸漸迷離。

落入視線裡的只有時宴模糊的輪廓，和清晰而又充滿欲念的眼神。

她半張著口，全身的感官一次次充盈沸騰，像浸泡在翻湧的滾燙泉水裡，耳邊縈繞著不知道是自己還是時宴的低吟聲。

吊燈晃動得越來越厲害，鄭書意躺在時宴身下，雖然四肢都有著力點，卻感覺自己與吊燈一樣搖搖欲墜。

她羞於直面時宴眸子裡映出的自己，可每每閉上眼睛，便會被時宴刻意的行為刺激得猛睜開眼。

他似乎很喜歡在這種時候與她有眼神的額外交流，又或者只是想看著她為他沉淪的模樣。

不僅他想看，他也想讓鄭書意看見。

所以到深夜，衣帽間的全身鏡前也留下了鄭書意的手印。

時鐘的聲音在深夜總會變得格外清晰，混著浴室的水聲，把鄭書意的憤憤不平襯托到了極點。

她在被窩裡縮成一隻蝦，背對著浴室的方向，半天回不過神。

這到底是誰在給誰賠罪？

時宴他真的有一點悔過之心嗎！

可這話她不敢說。

害怕說了之後，夜裡不做人的時某人會陳懇地要求再給他一次機會。

這委屈只能自己受了。

但是決定原諒時宴刻意瞞著她的行為後，關於宋樂嵐這件事，鄭書意心裡便只剩做夢一般的開心。

第二天早上，從辦公大樓電梯間到公司，幾乎所有人都在議論這件事。

鄭書意在心裡默默感慨著偶像實紅，面上卻很淡定地坐到了自己座位。

而孔楠雖然昨天已經得到了確切消息，但親眼看見與宋樂嵐有實際關聯的鄭書意，感覺就像自己見到了宋樂嵐本人一樣。

她抱著一杯咖啡湊過來，「我說出去都沒人敢信，我居然跟宋樂嵐的女兒做了幾個月的同事！」

「嗯？」鄭書意驚詫地問，「妳連這個都知道了？」

「啊？」孔楠回她一個不可置信的眼神，「姐，妳以為現在還是全民2G網路的時代嗎，那些八卦論壇的點擊量都創新高了，宋樂嵐身後什麼親戚關係全都被扒出來了，現在誰不知道秦時月就是她女兒啊。」

之前公司裡的人不知道秦時月的家庭關係，是因為大家都不太在乎。

誰閒著沒事去扒一個同事的身分。

可一旦關聯到宋樂嵐這種娛樂明星，人們的八卦欲瞬間翻了幾個數量級，短短兩三個小時，宋樂嵐、秦孝明、時文光、時宴、以及秦時月的人物關係圖都做出來了。

鄭書意一時不知該做什麼回應，只「哦」了兩聲。

對鄭書意而言，身邊知道她和時宴關係的人並不多，所以她覺得關於宋樂嵐的全民吃瓜事件與她的關係並不大。

然而這個想法僅僅維持了一個上午。

午飯後，鄭書意和孔楠下樓買咖啡，回來時，一路上都感覺有同時在看她。

「怎麼了？」鄭書意停在一個女同事座位旁邊，問道，「我臉上有東西？」

這位女同事其實不想八卦別人的私生活，但是鄭書意主動問她了，她便忍不住。

「妳男朋友是時宴啊？宋樂嵐的親弟弟？」

鄭書意：？

她倏地回頭去看孔楠，孔楠立刻擺手，示意她什麼都沒說過。

不過既然有同事問了，鄭書意也不打算刻意隱瞞，「妳怎麼知道的呀？」

女同事環顧四周，確認許雨靈沒來之後，把鄭書意拉到一邊，小聲說：「就是許雨靈之前說妳跟秦時月的小舅舅在一起了，秦時月的小舅舅不就是時宴嗎？」

鄭書意：「……」

她沒想到，許雨靈給她造的謠，竟然以這樣的方式不攻自破。

想必許雨靈本尊昨晚也在熬夜吃瓜，所以今天沒好意思來公司，直接請了幾天年假。

托許雨靈的福，短短一個下午時間，鄭書意就在各個社群軟體上有了一個新身分——「我有個同事，是宋樂嵐的弟妹。」

但是當同事們過來好奇地詢問鄭書意有關宋樂嵐的各種八卦時，大家發現這個人只是一如既往地守口如瓶，什麼都是一問三不知，這大概就是明星家屬的自我修養。

只有鄭書意自己知道，她是真的什麼都不知道。

真正和宋樂嵐再一次有近距離的接觸，是四天後的週末，時家例行這一天全家都要回老宅陪時文光吃飯。

於時宴而言，這是生活中平凡得不能再平凡的一天。

於鄭書意而言，這卻是她第一次正式見時宴的家人。

「好了嗎？」在鄭書意換了第六套衣服後，時宴終是沒沉住氣，走進衣帽間。

他打量著面前的女人，忍俊不禁，「其實妳也不用穿得這麼素。」

鄭書意低頭看自己的米色修身毛衣裙，有些不確定，「太素了嗎？會不會覺得我很老成？」

不等時宴回答，她立刻去翻其他衣服，「那我再看看其他的。」

時宴：「……」

他伸手拉住鄭書意，「我覺得很好看。」

「你覺得好不好看不重要。」鄭書意甩開他的手，嘟囔道，「天知道我在你姐姐心裡是什麼印象，不能再給你爸留下不好的印象了。」

時宴有些無奈，看著鄭書意忙碌的樣子，卻也想笑，「妳這麼隆重，讓我壓力很大，等我見到妳爸媽的時候要怎麼辦？」

鄭書意在衣架前頓了一下，不理他，繼續挑選衣服。

當她重新拿起一套淺色套裙時，時宴冷不防說道：「我喜歡妳，他們肯定也喜歡妳，所以妳放鬆一點，別緊張。」

話音落下，鄭書意停下了挑選衣服的手。

片刻後，她才緩緩轉身，「你說什麼？」

時宴簡單地重複重點：「妳放鬆一點，只是吃個飯而已，別緊張。」

鄭書意搖頭：「不是這句。」

時宴抬了抬眉梢，和鄭書意對視片刻，看著她亮晶晶的雙眼，突然明白了她的意思。

但他靠著領結櫃，像是沒聽見她的話，只是抬了抬下巴，輕聲道：「快去換鞋。」

「快，說！」鄭書意上前抱著他的手臂，仰頭看著他，「上一句！」

時宴無奈，只好低下頭，盯著她的眼睛，一字一句道：「我喜歡妳。」

「我也喜歡你。」

鄭書意滿意了，梳妝打扮的速度瞬間提高了好幾倍。

到了時家，鄭書意才後知後覺，她確實沒必要緊張。

秦時月與她的關係就不必說了，秦孝明和她也算得上有幾分熟悉，而時文光去年和她也在一個論壇上說過幾句話。

全桌上，真正算得上陌生人的，大概只有宋樂嵐。

可仔細算下來，鄭書意在各種演唱會以及電視節目裡見她的次數僅次於秦時月和時宴。

於是，在這頓晚飯中，時宴眼睜睜看著自己女朋友一點點往宋樂嵐身旁挪。

不知不覺間，鄭書意竟然神不知鬼不覺地越過了一個空座位，坐到宋樂嵐身邊，全程星星眼看著她，不知男友為何物。

「……」時宴無話可說。

晚飯後，宋樂嵐啟程飛往另一個城市工作。

時宴與鄭書意沒急著走，和時文光還有秦孝明閒聊著。

秦時月聽不懂他們的話題，也坐不住，走到落地窗邊看了看，突然想到什麼，回頭喊道：「小舅媽。」

鄭書意：「……」

突然當著時家人的面這麼叫她，真的有點不好意思。

半晌，鄭書意才訕訕地回頭，問道：「怎麼了？」

秦時月絲毫沒有察覺她的尷尬，望著窗外說道：「櫻桃結果了，要不要去摘點？」

桌上其他人似乎並沒有注意到秦時月的話，甚至連看都沒有往她那邊看一眼。

鄭書意鬆了口氣，不急不緩地說道：「我去陪小月摘櫻桃。」

「嗯。」飯桌下，時宴捏一下鄭書意的手，「多摘點，帶回家吃。」

然後扭頭看著她，無聲地說了三個字。

鄭書意清晰地認出了他的口型。

——「小舅媽」。

院子裡開了兩盞探照燈，將兩人的身影照得如畫般朦朧。

兩顆櫻桃樹並不高，她們伸手便能摘到。

「妳是不是要回來上班啊？」鄭書意拿著籃子，一邊挑選顆粒飽滿的櫻桃，一邊和秦時月閒聊，「現在全公司都知道妳是誰了，妳要是去了就要做好每天被圍觀的準備。」

秦時月嘆了一口氣，「唉，我能不去嗎？上次車禍雖然不是我的錯，可我爸和小舅舅都覺得是我太閒了才會這麼多事。」

其實鄭書意也這麼覺得。

秦時月墊腳扯了一下樹枝，老神在在地說：「反正他們自己忙，眼裡就見不得人家閒唄。」

鄭書意幫她接了一籃子櫻桃，說道：「其實妳要是真的不想去，就別勉強自己，做自己喜歡的比較重要。」

「還是要去的。」秦時月說，「人總不能一輩子遊手好閒吧，而且我也不知道自己喜歡什麼。」

鄭書意挑了挑眉，笑道：「我不敢相信這話居然是妳說出來的。」

「確實不是我說的。」

這是她出車禍那天，喻遊說的。

不過想起那天和喻遊的對話，秦時月心情有點沉重，不想再提，於是問道：「妳說，一個男人要是弱點都沒有，到底要怎麼攻略呢？」

「誰啊？」鄭書意問，「喻遊嗎？」

秦時月撇著嘴點頭，「我真的摸不透這個男人，像個謎一樣。」

「妳為什麼要摸透男人？」鄭書意回頭看了客廳裡的時宴一眼，輕哼了聲，「妳有這個能力還不如去考清華。」

「那怎麼辦？」秦時月立刻虛心求教，「完全沒有地方可攻破，感覺在他面前，我就像個小學生。」

對此自認為很有經驗的鄭書意比出四根手指，「四個字，死纏爛打。」

「啊？」秦時月沒想到鄭書意居然這麼簡單粗暴，「能行嗎？妳覺得這招對喻遊會有用？」

「為什麼沒用，他有妳小舅舅難纏嗎？我就是這麼追到妳小舅舅的。」

說完的那一刻，兩人同時僵住。

鄭書意彷彿肉眼看見秦時月的腦袋上長出了一個問號。

「妳追的小舅舅，是，我的，小舅舅？」

第三十四章　突擊檢查

鄭書意還試圖狡辯。

但秦時月的智商好像在這一刻突然上升了，不給鄭書意解釋的機會，突然三連問：「我就說他怎麼大晚上給一個女人點讚呢！過年還跑去青安！哦哦！之前我還在他家附近遇見妳了，我說大晚上的妳跑去那邊幹嘛呢！」

鄭書意：「……」

現在輪到她無話可說。

客廳裡的時宴脫了外套，半倚著沙發，渾身鬆散，絲毫不知自己女朋友在經歷什麼。

「可是，為什麼是我小舅舅？」秦時月緊緊抱著櫻桃小籃子，眼裡有十萬分不解，「妳不是說是妳前男友，那什麼，那個小三，什麼的，哎呀我到底在說什麼！」

「行了行了妳閉嘴！」鄭書意覺得自己這謊多半是圓不下去了，乾脆破罐子破摔跟她坦白，「我就是搞錯人了！我以為時宴是那個人的小舅舅。」

搞錯人了？這也能搞錯？

鄭書意：「對對對，雖然很丟臉，但事實就是這樣，我弄錯人了！」

秦時月張著嘴，愣了半晌，才說道：「那、那小舅舅他，知道嗎？」

鄭書意垂下頭，沉重地點了點頭。

不知道秦時月會怎麼想，也不知道是不是會生她的氣。

要是真的生氣了——她連哄男人都不會，怎麼哄女人？

沉默許久，秦時月沒動靜。

鄭書意抬頭，見她愣怔地看著屋裡的時宴，不知道在想些什麼。

而她也不好說什麼，安靜地等著秦時月消化這件事。

似乎感覺到秦時月的目光，時宴回過頭看了她們一眼，隨後起身朝院子走來。

秦時月一動也不動，如同石化一般，眼睛眨也不眨地看著時宴一步步走過來。

他手裡拿著鄭書意的外套。

推開院子的門，一股風迎面吹來。

時宴皺了皺眉，「怎麼不穿外套？」

問的是鄭書意。

她摸著鼻尖，很小聲地說：「忘了。」

時宴把外套給她披上，順便低頭看了她手裡的櫻桃一眼，嫌棄道：「這麼小。」

鄭書意下意識把籃子著了起來，還不忘甩鍋，「又不是我摘的。」

或許鄭書意看不見，但秦時月清晰地看見時宴笑了一下。

比春夜的風還溫柔。

是她從未見過的時宴。

「快點。」時宴的笑稍縱即逝，轉身回去，「準備回家了。」

鄭書意：「哦……」

等時宴的身影澈底消失後，鄭書意再去看秦時月。

她還是先前那副呆呆愣愣的樣子，眼神卻不一樣了。

鄭書意感覺她現在看自己的眼神，似乎有些崇拜。

「所以——」秦時月喃喃念叨，「他什麼都知道，沒殺了妳？」

鄭書意：「……法治社會，妳說話注意一點。」

秦時月一時間確實很難消化這件事，但她發現了一個盲點，「原來死纏爛打真的這麼有用？」

回去的路上，鄭書意抱著一盒洗過的櫻桃，遞了一顆給時宴，「吃嗎？」

時宴看了前排的司機一眼，「不吃。」

鄭書意習慣了，默默收回自己的手，彷彿什麼都沒發生。

這時，時宴又問：「今天跟時月說什麼了？」

鄭書意：「嗯？」

時宴：「我們走的時候，她有些魂不守舍。」

「你還挺細心。」鄭書意低下頭自顧自地吃櫻桃，「那我現在也有點不高興，你發現了嗎？」

時宴餘光瞥過來，上上下下打量著鄭書意，倏地笑了一下。

鄭書意一顆櫻桃沒咬下去，「你笑什麼？」

時宴沒說話。

這種時候，鄭書意知道是什麼都問不出來的。

一路安靜的到了博翠雲灣，一進門，鄭書意便開始找保鮮膜。

她躬身在儲物櫃前，一邊翻找，一邊說：「櫻桃能放冰箱嗎？會不會明天起來就壞了？」

身後的人沒應聲。

鄭書意回頭，卻看見時宴靠在桌邊，捏了一顆櫻桃，正往嘴裡送。

「剛剛讓你吃你不吃。」鄭書意突然上前拿走了盒子，「你這人怎麼這樣。」

「因為我不喜歡吃櫻桃。」時宴不鹹不淡地說著，卻奪走了她手裡的盒子。

鄭書意有點茫然，「那你現在是幹什麼？」

時宴伸長一條腿，攔住鄭書意的去路，隨後將她拉到自己身前，「但想看妳吃。」

他說這話時，在笑。

和他在人前笑的樣子完全不一樣，眼裡灼灼的光分明就是勾引。

這一刻，鄭書意安靜自己和時宴好像是拿錯了劇本的妖精和書生。

當他捏著櫻桃餵過來的時候，鄭書意下意識就咬了下去。

接二連三吃了十幾顆，她才抬起頭，笑吟吟地看著他，「因為我吃櫻桃的樣子很美？」

時宴笑了笑，沒承認，「不是。」

鄭書意：？

「因為想嚐一下櫻桃味的妳。」

滿嘴的櫻桃香甜味，確實與以往的每一個吻都不一樣。

沒有摻雜欲望，純粹的親吻，像在玩遊戲，你來我往間，有點幼稚，卻又讓鄭書意欲罷不能。

鄭書意抱著他的脖子，親著親著就笑了。

她感覺有些癢，忍不住上半身往後仰，時宴摟著她的腰，俯身隨著她的動作追了過來。

鄭書意半瞇著眼睛，看見時宴竟然也在笑。

這一晚，他們玩這一小盒櫻桃，便虛度了幾個小時。

春夜漫漫，月光輕漏。

面前的人無聲擁著她。

沒有言語的承諾，鄭書意卻感覺到今晚繾綣的一分一秒，都是他們未來的縮影。

與此同時，遠在青安的王美茹落後年輕人好幾天，才後知後覺地注意到社群上很多人都在分享有關「宋樂嵐」的網址。

王美茹自然也是知道這個人的，畢竟家裡有鄭書意收藏的那麼多CD。

點進去看了幾眼，原來是八卦。

王老師對娛樂圈的是是非非沒有什麼興趣，打算滑兩頁就退出去。

然而拇指一動，她目光突然定了定，感覺裡面一張年輕男人的模樣特別眼熟。

到底是做了幾十年班導師的人，能在一個月之類記住一個班的新生，想起時宴的臉自然也不是難事。

她扶了扶眼鏡，將這一幕截圖下來，傳給鄭書意。

洗澡前，鄭書意的手機突然滴滴響了兩聲。

飼養員：『喲，這不是妳男朋友嗎？』

鄭書意：『哇，妳也看見啦。』

鄭書意：『資訊太發達，全國人民都知道了，最近每天都有人來問我，煩都煩死了。』

飼養員：『妳入戲還挺深。』

鄭書意：『？』

鄭書意：『媽！他真的是我男朋友！』

王美茹沒再回鄭書意，想必是睡了。

鄭書意也沒再糾結，放下手機便去洗澡了。

時宴進來時，床上的手機正在響。

他低頭看了來電顯示一眼，去敲了敲浴室的門，「書意。」

鄭書意正在淋浴，還放著音樂，沒聽見他的聲音。

而手機還在持續地響。

時宴也沒多想，按了接聽鍵。

王美茹：『意意，還沒睡覺呀，幹什麼呢？』

時宴：「她在洗澡。」

『……』手機那頭突然沒了聲音。

許久，王美茹再開口，聲音嚴肅得像他們學校的教務主任，『您是哪位？』

鄭書意洗完澡沒急著吹頭髮，穿著睡衣走了出來，一邊擦頭髮，一邊問：「剛剛你在說話嗎？」

時宴坐在沙發上，側頭看了她一眼，「嗯，接了個電話。」

鄭書意「哦」了一聲，準備回去吹頭髮，突然又聽時宴說：「接了妳的電話。」

「嗯？」鄭書意並不排斥時宴接她的電話，隨口問道：「誰找我？唐主編嗎？」

時宴：「妳媽。」

鄭書意：「……」

她緩緩轉過身，表情變得謹慎：「她跟你說什麼了？」

時宴並不理解王美茹最後對他說的那句話是什麼意思，只能一字不漏地轉述。

「她讓妳再等等，她在去找劉德華的路上了。」

鄭書意立刻回撥電話給王美茹。

雖然夜已深，王美茹顯然一時間也沒辦法安然入眠，那句「我是時宴」依然縈繞在她耳邊。

所以她接起來電話，竟然不知道如何開口，只能問一句：『終於洗完澡啦？』

鄭書意：「大晚上的打電話幹什麼？」

『妳還不耐煩了。』王美茹冷哼一聲，『就問問妳連假回不回家。』

鄭書意捂著手機，偷偷看了身旁的時宴一眼，然後壓低聲音說：「我知道妳想幹什麼。」

青安是旅遊城市，每年國慶連假的票十分難買，而且路途擁擠，所以鄭書意和家裡基本達成了這種節假日不回家的共識。

王美茹這麼問，自然是醉翁之意不在酒。

王美茹：『妳別管我想幹嘛，妳就告訴我回不回家。』

鄭書意沒回答她，重新捂住手機，瞄了時宴幾眼。

時宴靠著床頭，手裡翻動著雜誌，抽空抬眼看了她一眼，「怎麼了？」

為了掩蓋自己那一絲不好意思，鄭書意昂著下巴，清了清嗓子，「你連假有空嗎？」

「沒空，」書頁翻動的聲音挾裹著時宴簡短的回答，「也要有空。」

鄭書意忍不住伸腿踢了他一下，「你下次說話一口氣說完行嗎？」

隨即又轉過身背對他，鬆開了捂著手機的手，「知道了，我看看吧，最近事情挺多的，不忙就回來，我到時候再通知妳。」

大概是一語成讖，連假前的一個星期，事情像洩洪一般鋪天蓋地而來。

鄭書意實在分身乏術，連日常上班摸魚的秦時月都被她抓來幫忙。

等到王美茹打電話來詢問時，鄭書意連帶耳機的時間都沒有，用肩膀夾住電話，一邊整理手裡的文件一邊說道：「真的不回來了，最近很忙，馬上又要年中考核了，實在沒空。」

王美茹不耐煩地說：『行了行了，那妳去忙吧，女大不中留了。』

掛了電話後，鄭書意很快將這事拋到了腦後。

假期最後一天。

這是鄭書意這個假期唯一的休息日，而時宴還在國外出差，傍晚才回來，她哪裡也不想去，在家裡躺了半個下午，突然心血來潮跑去廚房準備做飯。

雖然兩人平時不開火，但做飯的阿姨每天準時過來投餵，所以冰箱裡永遠有新鮮食材。

但食材鍋具齊備是一回事，在鄭書意手裡能不能變成一頓完整的晚餐又是另一回事。

兩個小時過去，冰箱裡空了一大半，成功出鍋的卻只有三個菜。

「還行吧，」鄭書意摘下圍裙，自言自語讚嘆道：「還算色香味俱全，時宴你到底是修了幾輩子的福氣哦。」

愛迪生燈泡實驗都失敗了一千六百多次，她鄭書意失敗了五、六次又算得了什麼。

只是這些背後的汗水她不屑於昭告世人罷了。

擺設碗筷的時候，門口玄關處傳來了腳步聲。

鄭書意一喜，隨便擦了擦手就朝外跑去。

「你回來——啦？」一句話在最後一個字猛然變調，從驚喜變成了驚嚇。

因為出現在門口的不止是時宴，還有她的親媽，王美茹。

鄭書意連嘴巴都沒闔上，足足愣了三秒，才開口，「媽？」

「怎麼，」王美茹拉著行李箱朝前走了兩步，「幾個月不見，不認識啦？」

「……」

這語氣，是她親媽沒錯了。

鄭書意總算緩過了神，怨懟地看了時宴一眼，然後乖乖上去幫王美茹拿行李，「你、你們怎麼一起來的？」

「機場遇見的。」不等鄭書意疑惑他倆怎麼突然相認的，時宴便伸手從鄭書意手裡拿過行李箱，聞到一股味道，回頭問，「妳做飯了？」

鄭書意點了點頭。

等時宴拉著行李箱走了，她才小聲問：「媽，妳怎麼說都不說一聲就來了？」

王美茹：「說了還叫做突擊檢查嗎？」

鄭書意：「……」

還真是班導師的通病。

她指了指時宴，「你們沒見過面吧？怎麼一起過來的？」

說出來鄭書意可能不會相信，但是她的媽媽和她的男朋友確實沒有憑藉任何橋梁就在機場相認了。

僅僅靠著一張和鄭書意如出一轍的臉，以及另外一張和照片沒有差別的臉。

「是沒見過。」王美茹抱著雙臂，默默打量鄭書意的居住環境，不鹹不淡地說，「我在機場認出他了，跟他打了個招呼，就這麼一起過來了。」

說完，她回頭，睇眼盯著鄭書意：「妳倒是好，都住到別人家裡也不跟我說一聲。」

「哦，高三那年妳跟團去新加坡也沒跟我說一聲啊，」鄭書意低聲嘀咕，「妳跟我說妳去牛棚梁子。」

「……」

等時宴一出來，母女倆的對話立刻打住。

王美茹又變成了那個和藹的王老師。

由於兩人一路從機場過來，鄭書意不知道他們聊了多久，總之現在沒有出現她想像中的冷場。

但終歸是第一次見面，王美茹看時宴的目光始終帶了點審視的態度。

直到飯菜上桌，她吃了幾口，眼裡的審視無縫轉變成憐愛。

「你們平時就吃這？」王美茹想了想，「算了，總比外賣健康點。」

一句話，掐滅了鄭小廚娘對比愛迪生給自己找到的自信。

「不怎麼吃，」時宴淡定地說，「一般都是我做飯。」

王美茹滿意地點頭：「辛苦你了。」

時宴：「甘之若飴。」

鄭書意：「……」

一共只吃過你做的一頓飯，要點臉？

雖然王美茹的突然出現讓鄭書意很是猝不及防，但終究是幾個月沒見了，鄭書意還是很想念她。

況且這麼遠趕過來見一面，鄭書意還是很感動的。

甚至在晚飯後，王美茹說見到她男朋友，覺得很好，她也就放心了，晚上要趕回青安，明天還要上課，就不打擾她了。

想到媽媽這麼匆忙，鄭書意差點鼻酸到哭出來。

時宴卻在旁邊似笑非笑地看著她。

這種場合還笑得出來，是人嗎？

人在感性的時候總容易喪失理性。

王美茹要走時，鄭書意跟她抱了好久，依依不捨地把她送到了車站。

直到人走了，鄭書意還多愁善感地看著車站。

好一陣子，情緒漸漸平復，理智歸位，她回到車上，才後知後覺地看著時宴，問道：

「可是你們為什麼會在機場相遇？」

這個問題問得好。

青安是個沒有機場的小城市，王美茹來看她，怎麼也不該是落地江城國際機場。

時宴握著方向盤，緊抿著唇，眼裡卻有笑意，「妳說啊。」

鄭書意搖他手臂，「你不是從法國回來嗎？你們怎麼會在機場遇到？」

「因為，」時宴用溫柔的語氣地說出最傷人的話，「阿姨剛剛從馬來西亞旅行團回來，要在江城換乘高鐵回青安。」

鄭書意：「……」

終究是錯付了。

她猛地吸氣，憋回了所有眼淚，「回家。」

江城向來沒有春天，五月涼爽了那麼幾天，氣溫便陡升之三十五度，一直持續到六月，還有爬坡的趨勢。

辦公大樓裡空調溫度開得很低，午休的時候許多女生都蓋上了小毛毯。

在一片安靜中，秦時月聽到一陣鍵盤聲，迷迷糊糊地抬頭問：「妳不休息呀？」

鄭書意飛快地打字：「我調整一下PPT。」

秦時月：「什麼PPT？」

鄭書意看了四周一眼，小聲說：「述職報告。」

關於升職這件事，雖然同事們都心知肚明瞭，但鄭書意還是秉持著事前不能張揚的原則。否則希望很容易落空。

秦時月來了點興趣，坐在一旁看了好一陣子，又神經兮兮地嘆了口氣。

鄭書意問她：「妳怎麼了？」

秦時月撐著腦袋，有氣無力地說：「我覺得吧，喻遊的理想型應該是妳這種女生。」

「噓。」鄭書意對她比了個閉嘴的動作，「這話可別在妳小舅舅面前說，會害死我的。」

秦時月笑道：「也是，他那麼小氣。」

進入收尾階段，鄭書意一邊調整格式，一邊問：「妳為什麼這麼說？」

「唉，就是上次我出車禍，他不是來醫院了嗎？」秦時月換了個姿勢，捧著臉，雙眼無神地看著電腦，「我當時好丟臉對不對？」

想起那天秦時月怒喝肇事司機的模樣，鄭書意忍不住笑了出來，「其實也不是丟臉，我覺得妳做得很對，不管是什麼人什麼原因，總是要為自己的行為負責的。」

「對對對！」秦時月激動地拍了兩下桌子，「我問他會不會覺得我很斤斤計較，他也是這麼說的。」

鄭書意抿了一口咖啡，沒有接話。

「我剛剛看妳的述職報告，就覺得妳這種才是對自己負責的人，我吧，就是一隻鹹魚，」鹹魚月垂著眉眼，對未來失去了希望，「可越是得不到，我就越來勁，怎麼辦？」

鄭書意：「他對妳很冷淡嗎？」

秦時月愣了一下，突然有點臉紅，默默埋下了頭，「倒、倒也沒有很冷淡。」

有一次她跟朋友聚會，在酒吧碰見喻遊。

借著曖昧昏暗的燈光，秦時月明目張膽地看著喻遊。

然而沒幾分鐘他便離席，再也沒回來。

秦時月鬱悶地喝了很多酒，離開時已經快淩晨了。

但是到了酒吧門口，卻發現喻遊坐在車裡沒走。

那晚，是他送她回家的。

雖然過去了一個多月，但秦時月還清晰地記得，在他幫她脫掉高跟鞋時，她發酒瘋亂蹬，不小心踢了他一下。

隨後，她的腳踝被他握住。

掌心的溫熱與粗糲觸感同時襲來，秦時月頓時變得像一隻木偶。

但僵硬的似乎只有她，喻遊把她的腿放到沙發上後，一如平時那般禮貌地問：「還有需要幫忙的嗎？」

秦時月到現在回想起來，還想給自己一巴掌。

她不知道腦子怎麼抽了，說了一句「內衣太緊了，不舒服。」

為什麼酒後斷片的技能她沒學會。

秦時月安靜如雞地回味自己的尷尬，鄭書意卻已經修改好了PPT，拔出隨身碟，拍了拍她的肩膀。

「我不跟妳說了啊，我去會議室調試一下。」

秦時月：「哦哦，加油啊。」

距離述職報告開始還有二十分鐘。

除了鄭書意以外，另外一位有職位變動的同事也在會議室做準備。

見她進來，那位男同事停下手頭的事情，笑著說道：「恭喜啊，鄭副主編。」

鄭書意和這個人平時並不熟悉，聽見他的恭賀，覺得有些不好意思。

「流程還沒走完，可千萬別這麼叫，被別人聽見了要笑話我。」

「哎呀，這有什麼差錯，鐵板釘釘上的事情了鄭副主編。」男同事嘴上這麼說著，一轉頭，卻變臉似的冷笑。

他比鄭書意還要早一年進《財經週刊》，如今還在為組長的職位做努力，而鄭書意卻已經向副主編進軍了。

當一個人自認懷才不遇的時候，別人的努力落在眼裡全都化作了雲煙。

他只知道自己和鄭書意的差距就在於他沒有一個了不起的戀人。

「副主編」只是個開始，鄭書意以後跟他們這種費心費力尋求資訊資源的人已經不在同一個層級了。

人家有一個站在業內金字塔頂尖的男朋友，未來想見哪個大佬不是易如反掌。

不像他們約一個採訪要經歷九九八十一難，還要經常遭受冷眼，現在鄭書意只要開一個口，別說採訪了，就算想約個晚飯，人家男朋友也能立刻安排妥當。

「鄭主編，以後發達了可別忘記我們這些老同事啊。」一轉頭，同事又堆起了笑臉，「有什麼需要幫忙的可別拒絕啊。」

這話聽起來著實有點酸，鄭書意只能隨便應付兩聲。

沒多久，各個主管陸陸續續地走了進來。

唐亦經過鄭書意身邊時，還拍了拍她的肩膀，「別緊張，妳就跟平時一樣就行，沒問題的。」

不得不說，唐亦這句話給了鄭書意很大的信心。

有她在下面坐著，鄭書意全程脫稿，沒有一絲卡頓，雙眼熠熠發光，背後的PPT徹底淪為背景。

當她放下紅外線筆的那一刻，會議室裡掌聲雷動。

「結束啦？」鄭書意一出來，孔楠和秦時月便迫不及待湊過來，「怎麼樣？」

辦公室裡的冷風涼颼颼的，她對著空調吹了一下，壓下激動的心情，才淡定地說：「還行吧，穩定發揮。」

孔楠和秦時月異口同聲道：「請客。」

鄭書意比了個「OK」，「明天晚上吧，地方妳們選。」

回到座位，鄭書意拿起筆準備寫工作週報，卻遲遲沒有動手。

她側頭看著窗外的豔陽，兀自出了一下神。

等她收回目光，已經過去了十分鐘。

嘴角帶著淡淡的笑，連平時最討厭的工作週報也寫得格外快。

兩個小時後，鄭書意抬起頭，放鬆地靠在椅子上，神情平靜，卻連傳了三個驚嘆號給時宴。

鄭書意：『晚上我請客吃飯！』

鄭書意：『地方隨你選！』

鄭書意：『不要跟鄭主編客氣！』

過了好一陣子，時宴才有空看手機。

他直接傳了則語音過來，『博翠雲灣，可以嗎？』

鄭書意彎了彎唇角：『好啊，鄭主編親自為你下廚。』

訊息傳出去的同時，電腦上來了一封郵件。

鄭書意立刻點開，看清內容的瞬間，她目光凝滯在螢幕上。

以為是自己看錯了，她眨了眨眼睛，一個字一個字默讀出來。

像從高空墜落般，鄭書意周身都沉入一股失重感中，連窗邊的陽光都隨著她的心情變化驟然消失。

隨後。

傳給時宴的訊息立刻被撤回。

鄭書意：『飯沒了。』
鄭書意：『你女朋友也自閉了。』

第三十五章　小舅舅升職了

鄭書意的升職，卡在了最後一關。

唐亦把她叫進辦公室時，桌上還擺著各位長官的打分表。

綜合成績很漂亮，唯獨老闆那一張紙是空白的。

「書意，過來。」唐亦轉著筆，努著嘴，半晌不知道怎麼開口。

「您說吧，亦姐，」反倒是鄭書意先開了口，「郵件我看了，最後是老闆不同意對嗎？」

唐亦立刻站了起來，雙手撐著桌子，俯身朝她靠去，「老闆也不是否定妳，他只是覺得妳太年輕了，資歷比較淺。」

鄭書意順從地點了點頭，「我明白的。」

他們雜誌社大老闆與總編雷厲風行的風格截然不同，圈子裡都知道他是出了名的慢性子，做什麼事情都慢條斯理的，常常把底下人急得半死。

然後回頭一看，欸？怎麼神不知鬼不覺就把事情做好了？

「老闆今天也一直誇妳的，但是呢妳的工作彙報對象畢竟不是他，他對妳瞭解也不多。」唐亦交握著雙手，十分陳懇地看著鄭書意，「自己的公司嘛，要突然提一個這麼年輕的副主編，他自然要多考量一些。」

「不過他也說了，沒見著比妳好的，等年底考核的時候再看。」

鄭書意升職受阻這件事短短二十分鐘就傳遍了全公司。

多少是個八卦，又臨近下班，各個群組因為這件事熱鬧了起來。

『我看總編和主編那麼喜歡她，以為這事妥了呢。』

『是啊，她這兩年產出挺厲害的。』

『大老闆不同意，有什麼辦法。』

『她男朋友不是時宴嗎？老闆這點面子都不給？』

『大哥，我們社好歹也是老牌媒體，又不是靠他們銘豫吃飯的。』

『那可說不好，不就是一個副主編，老闆給個面子，一本萬利的事情呢。』

『我們老闆的性子你們還不知道嗎？他應該現在才開始去瞭解那幾位候選人呢。』

『說不定鄭書意一氣之下直接走了投靠男朋友去了。』

『那可別啊，我還指望跟她打好關係，平時好幫忙呢。』

秦時月在公司雖然是個特殊的存在，但這種消息多多少少也會傳到她耳裡。

所以鄭書意還沒從唐亦辦公室出來，秦時月就悄悄傳訊息給時宴。

秦時月：『小舅舅、小舅舅！有大事！』

小舅舅：『說。』

秦時月：『今天小舅媽升職失敗了！』

小舅舅：『？』

秦時月：『是真的！』

秦時月：『聽說是老闆不同意。』

秦時月：『你……要不要去疏通疏通？』

小舅舅：『叫妳去工作，妳就學了這些官腔？』

秦時月：『……』

好心被當成驢肝肺。

小舅舅：『我知道了。』

小舅舅：『這件事妳不用管。』

秦時月：『那你呢？你打算怎麼辦？』

小舅舅：『不怎麼辦。』

其實秦時月說出「老闆不同意」五個字時，時宴便已經猜到了大致原因。

《財經週刊》的老闆呂燁華他認識，雖然算不上熟悉，但每年總有那麼幾次打交道的機會，這個人的行事風格是他見過最求穩的一類。

有時候甚至有朋友開玩笑道：「紙媒低潮下，《財經週刊》沒倒閉，多半是因為呂燁華的龜速還沒爬進這股浪潮裡。」

所以這件事在意料之外，但也是情理之中。

如秦時月所說，時宴若真的去「疏通疏通」，呂燁華怎麼也會賣他這個面子。

當初就是跟他提了一句，給了個專訪的空檔，便把秦時月塞了進來。

但這次是鄭書意。

時宴第一次見她，她便已經初露鋒芒。

而後的時光，有誤會有痛楚有置氣，但她一直在自己的領域一點點地發光發亮。

現在的鄭書意，是他的明珠。

時宴不願因為自己的插手，讓她的光芒蒙上一層灰塵。

比升職失敗更慘的是，失敗的同時還得加班。

晚上八點，鄭書意一個人走出了公司大樓。

夏夜的街道比冬天熱鬧得多，辦公大樓廣場的池子亮著燈，許多大人帶著小孩子玩水，附近穿梭著賣氣球賣彩燈的商販。

還有街頭藝人掛著吉他，耳熟能詳的音樂忽近忽遠。

鄭書意埋著頭，慢吞吞地穿過這片熱鬧。

雖然她理解老闆的做法，但不失落也是不可能的。

畢竟期待了這麼久，到頭來卻是一場空。

街頭藝人突然唱起了宋樂嵐的歌，鄭書意下意識停下腳步。

面前只有她一人圍觀，一曲結束後，鄭書意摸了摸包，發現自己一分現金也沒有。

「大哥，你有聊天帳號嗎？」

藝人突然愣住。

但他還沒說話，鄭書意身邊又響起另外一道熟悉的聲音，「要人家帳號幹什麼？」

鄭書意一回頭，見時宴就站在她身後。

喧鬧的路邊，他倚靠著車門，雙手鬆散地抱在胸前，目光卻直勾勾地看著鄭書意。

鄭書意：「……」

她只是想給點錢而已，又不是要紅杏出牆。

不過一看到他，心裡的失落好像找到了著力點。

鄭書意沒說話，兩三步走過去，撞進他懷裡。

她伸手抱著時宴的腰，悶了半晌，才開口，「我好慘。」

時宴：「還有心思要帳號，我沒看出妳有多慘。」

鄭書意抬起頭，了無生氣地看著他，「你到底會不會哄人？」

時宴的輪廓半隱在霓虹燈光裡，雙眼卻特別亮。

他靜靜地看著鄭書意，什麼也沒說。

忽然，彎腰親了她一下。

鄭書意有點茫然。

這可是人來人往的商業中心，時宴被附身了嗎？

緊接著，時宴捧著她的後腦勺，繼續吻著她的唇角。

「你幹什麼呢？」鄭書意意思意思掙扎了兩下，「這麼多人看著呢。」

「嗯。」時宴的手指輕輕摩挲著她的頭髮，「妳不是就喜歡這樣嗎？」

說的人還怪不好意思的，但鄭書意確實很喜歡。

她雙手抵著他前襟，直到耳邊的音樂結束，她才說道：「今天沒當成主編，老闆沒同意。」

「嗯？」時宴若有所思地看著對面辦公大樓的燈，「那我介紹個眼科醫生給你們老闆？」

鄭書意鄭重地點頭：「那你趕緊的。」

時宴還真的要邁腿朝辦公大樓走去，鄭書意趕緊拽住他，「你瘋了嗎？趕緊走趕緊走！」

坐上車的時候，時宴一邊繫安全帶，一邊問：「晚上想吃什麼？」

鄭書意看著窗外的車水馬龍，沒頭沒腦地說了句：「滿漢全席。」

時宴輕笑，「呀」一聲扣上了安全帶，握著方向盤，踩下油門，「就這麼簡單？」

鄭書意被他那趾高氣昂的語氣激得杠精附身，「那我不想吃滿漢全席了，我要吃官財板。」

時宴：「什麼？」

顯然，鄭書意精準抓到了時宴的知識盲區。

鄭書意也沒解釋，一路幫他導航，花了十幾分鐘，將車開到了位於老街的一個鬧市。

這裡是江城十幾年來飛速開發的漏網之魚，參差不平的石板路，毫無規劃的攤位，胡亂拉起來的電線，卻沉澱出一處游離在快節奏生活之外的樂園。

但因為這段時間日漸忙碌，鄭書意已經很久沒來這裡了。

沒多久時宴手裡便拎了三串烤肉兩包板栗和一杯涼蝦。

而鄭書意手裡則是捧著那個傳說中的官財板。

鄭書意沒想到時宴真的會耐著性子陪她在濃重的油煙裡穿梭了一個多小時。

但她的詞典裡沒有「適可而止」四個字。

當看到小攤上賣的卡通頭箍時，時宴終於沉下了臉，一字一句道：「鄭書意。」

論變臉的速度，鄭書意向來不服人。

她一聽到時宴叫她全名，立刻垮下臉，一副要哭出來的樣子，「我太慘了，升職受阻，男朋友還凶我，我活著還有什麼意思。」

「……」

鄭書意其實還有一大段臺詞沒說完，卻見時宴在她面前微微弓腰。

她止住了話，瞇著眼睛笑了起來。

幫他戴上頭箍的同時，鄭書意立刻拿出手機，打開相機。

時宴擰眉：「妳又要幹什麼？」

鄭書意蹭地轉身貼著他的前胸，支起了手機，「這是鄭書意不開心時，限定的時小宴，不知道以後還有沒有機會見到，我要留念一下。」

時宴無奈地嘆了口眼，環顧四周一圈後，埋頭湊到她耳邊，「還不開心？」

「哢嚓」一聲，畫面定格。

照片裡，鄭書意笑彎了眼睛。

她知道她的心思很敏感，情緒又多變，前一秒如涓涓細流，下一秒便有可能湍急如山洪。

可是她也很好哄，只要時宴親一下，就能瞬間撫平她的所有暗湧。

今年的夏天特別漫長，氣溫居高不下，秋天遙遙無期。

原本鄭書意習慣了每天穿梭於各大金融中心，環境是舒適的，也不在乎室外溫度的惡劣。

而且她還如願以償買上了自己的小座駕，暴露在太陽底下的機會更是少之又少。可是她這個季度給自己攬的專案卻需要穿街走巷，或是出現在辦公大樓的咖啡廳，或是坐在路邊的燒烤攤，有時候還得在某些露天陽臺站上一個多小時。

在用光第五罐防曬霜後，終於結束了在城市各個角落的奔波，卻開啟了沒日沒夜的加班生活。

好幾次她只比時宴早幾分鐘回家，大晚上的兩人在客廳裡打個照面，鄭書意便恍然間覺得自己果然是操心著上百億生意的女人啊。

竟然比總裁還忙。

直到十月中旬，一場忽如其來的秋雨終於為這座城市帶來了幾絲涼爽。

行人紛紛跑進建築物裡躲雨，單車加快了轉速，輪胎濺起積水，與外賣電動車擦肩而過，險些相撞，罵罵咧咧的聲音不絕於耳，刺耳的汽車鳴笛聲再摻一腳進來，與江城藝術中心九樓報告大廳的掌聲相映成趣。

聚光燈下，主持人的聲音端莊清亮，「轟轟烈烈的全球數位貨幣大戰硝煙四起，各大資本紛紛入局，法定數位貨幣在市場創新動力的牽引下愈演愈烈。」

「而她卻將視線聚焦在金字塔底層，記錄了五位數位幣民的勝利與失敗，向讀者呈現了數位貨幣的浪潮是如何選席捲普通人的生活。」

點題至此，在座眾人皆知接下來的獎項即將花落誰家，視線不約而同聚焦在觀眾席第二排的女人身上。

「第五屆財經新聞獎年度行業報導獲獎作品〈在全球數位貨幣的時代賽點上，普通幣民立足何處？〉，獲獎作者《財經週刊》高級記者鄭書意。」

鄭書意起身的那一刻，四周鏡頭齊齊對準這位近年來最年輕的獲獎者。

她按著衣襟，轉身朝觀眾席鞠躬，以回應熱烈的掌聲。

抬起頭的那一瞬間，對上時宴的目光，像隻戰鬥凱旋的小孔雀，得意洋洋地勾了勾嘴角。

不過是早上出門的時候說了一句她這套新裙子有點普通，就被她記仇到現在。

剛剛那眼神，彷彿在說「裙子再普通我也是今天全場最閃亮的人」。

但事實，確實如此。

和時宴的與有榮焉不同，臺下的唐亦望著鄭書意，終於有了一股揚眉吐氣的感覺。

上半年她忙得暈頭轉向，沒怎麼關注底下的人，直到這陣子空下來了，耳朵裡才進了一些過期的風言風語。

比如六月年中考核那時就有人說，唐亦這麼捧她，多半是看中人家男朋友的資源。

還有人說，鄭書意當初剛來雜誌社，唐亦就對她青眼有加，多半是料到了今天，能給她帶來大好處。

唐亦知道這些言論，氣得眼尾皺紋都多了一根。

是，她一直覺得鄭書意之前那個男朋友配不上她，她值得更好的。

但這只是基於工作之外對鄭書意私生活的一些看法而已，她又不是媒婆，管那麼幹什麼。

再說了，這世界上美女那麼多，也不見得人人都是鄭書意。

搞得好像她當初把鄭書意挖過來就是為了讓她找個好男朋友可以帶給她資源一樣。

要這樣她還不如直接去籠絡各個總裁夫人，以她的社交能力又不是做不到。

可是這些事情她又沒辦法拿到明面上去訓斥，只能暗暗忍下了這口氣。

直到今天，她終於吐了一口惡氣，立刻把得獎訊息傳到公司大群組裡。

唐亦：『鄭書意拿了年度報導獎，就是那篇貨幣戰爭啊，大家多研究研究。』

唐亦：『我之前就說過，大家的視線要放寬，目光要下沉，採訪對象不要拘泥於同一個小圈子。』

唐亦：『大家以後報選題的時候眼界要打開，不要以為金字塔頂端的看法才是資訊，生活中每一個與金融相關的人，都值得我們去觀察，去瞭解。』

言下之意就是：人家鄭書意確實能輕輕鬆鬆拿到最頂層的資訊資源，但是人家把採訪對象轉為每個人都能接觸到的普通人，一樣能做出成績，你們還好意思酸嗎？

不管有幾個人聽懂了她的潛臺詞，總之群組裡迅速出現了幾十個「鼓掌」貼圖。

有人歡喜，有人憂。

頒獎典禮結束後，雨還沒有停。

蘭臣百貨對面的那家餐廳屋簷掛著雨水，如珠鏈一般，徒增一股感傷。

秦時月面前的咖啡一口也沒動，卻已經涼透。

她沒說話，低氣壓肉眼可見縈繞著她全身。

喻遊在她對面坐著。

即便眼前的人已經沉默了近二十分鐘，他也沒顯出一分不耐煩。

只是安靜地坐著，沒有玩手機沒有發呆，等著她消化情緒。

今天是她的生日。

和以往大辦party的方式不同，今年她異常低調，什麼姐姐妹妹都沒邀請，只傳了一則訊息給喻遊：『明天是我的生日，你會來參加我的生日宴會嗎？』

她都想好了，到時候喻遊問她，宴會怎麼只有他們兩人？

秦時月就說：因為我的內心世界只有你呀。

這是鄭書意教她的。

雖然有點土，但她說小舅舅特別吃這一套。

可是人家喻遊來了以後，什麼都沒問，而是給秦時月帶來了一個晴天霹靂。

他準備去英國了。

比起公司給的豐厚待遇，他嘗試之後，還是更傾心於學術，決定繼續自己沒有完成的遊學計畫。

在秦時月沉默的第二十五分鐘，服務生拿著菜單過來問喻遊：「請問可以點菜了嗎？」

喻遊朝秦時月抬了抬下巴，意思是等她點菜。

秦時月哪裡還有什麼胃口，她抬起頭，毫不掩飾自己的壞心情，「我吃不下，我要回家。」

「嗯。」喻遊向來都很尊重女士的意見，是個不折不扣的紳士，「那我送妳？」

「不用。」秦時月控制不住情緒，倏地拿起包起身，「我的司機在外面等我。」

兩人一前一後走到停車場。

司機打著傘下來拉開車門，秦時月跨了一隻腿上去，突然回頭，看向喻遊，「我問你一個問題，你誠實回答我。」

喻遊說好。

秦時月：「你是不是一直覺得我是個花瓶？」

雨幕把秦時月的視線變得模糊不清，她只是隱隱約約感覺喻遊笑了一下。

像是在看一個無理取鬧的小孩子。

「一開始，確實是。」

聽到這裡，秦時月猛地屏住呼吸，等著他的下文。

然後就聽見他不急不緩地說，「但現在我覺得妳是一個可愛的花瓶。」

秦時月：「……」

再可愛的花瓶，不還是花瓶。

秦時月鑽進車裡，探出半個腦袋，盯著喻遊看了半晌，卻一個字都沒說。

和剛剛一樣，喻遊沒走，就讓她看著。

許久，秦時月才低沉地說：「那祝你一路平安。」

喻遊點了點頭。

「妳等一下。」他舉著傘，去自己的停車位，從副駕駛座拿了一個盒子過來。

秦時月：「這什麼？」

喻遊：「生日禮物。」

這算是今天這惡劣天氣中唯一的一絲陽光。

秦時月勉強地笑了笑，「謝謝啊。」

等司機把車開出停車場，她迫不及待地拆了禮物。

裡面是一幅畫。

一幅模仿莫內風格的人物油畫，落款是喻遊的名字。

莫內的筆觸向來不寫實，人物的五官只有模糊的輪廓，可秦時月隱隱約約覺得，這畫裡的女人有點像她。

她捧著畫，倏地回頭，雨幕中只見喻遊的車尾燈在閃爍。

她不好意思去問喻遊，畫裡的人是不是她。

害怕在別人臨走之前還留下個自作多情的最後印象。

可這一抹似是而非的希望，卻讓她做了一個改變自己一生的決定。

晚上七點，時家老宅。

今天雖然是秦時月的生日，但她要自己去過，家裡人也不勉強，便聚在一起為鄭書意慶祝獎項。

所以秦時月出現時，一家人都很震驚。

「妳不是跟朋友過生日去了嗎？」

秦孝明問，「怎麼回來了？」

秦時月下車的時候比較急，連傘都沒撐，頭髮濕了幾縷，貼在臉邊，看起來有些狼狽。

她手裡抱著一個盒子，迫切地看著自己父母，說道：「爸、媽，我要去英國讀書。」

秦孝明拉開身邊的椅子，朝她招了招手，「喝酒了？」

秦時月：「……」

她氣急敗壞地走過去，「我沒開玩笑，我真的想去英國讀書！」

說完，她看了時宴一眼。

她以為自己小舅舅是很樂意把她送到學校裡去的，結果他的目光裡明明白白地寫著「妳又想鬧什麼事」。

只有鄭書意問她：「為什麼又想繼續讀書了？」

秦時月看了一圈屋子裡的人，欲言又止。

於是鄭書意站起來，領著她去了陽臺，「是因為喻遊嗎？」

秦時月點頭，眼眶紅紅的，「對，反正你們說我不矜持也好，說我衝動也好，我就是要去。」

她咬著牙，胸膛起起伏伏，聲音裡帶著她從未有過的倔強，「他們都不相信我是真想去讀書的，可我就是這麼想的啊。」

「我以前不想讀書是因為我找不到動力，我又不缺錢，家裡也不需要我當頂梁柱，我都不知道把自己搞那麼累幹什麼。」

「可是我現在有目標了。」

鄭書意：「妳到底是想跟喻遊待在同一個地方，還是真想去讀書？」

秦時月急眼了，「妳怎麼沒聽懂呢！這不矛盾呀！我、我想去讀書是因為不想被他當做花瓶，去英國是因為他也在那裡啊！」

鄭書意還沒來得及回答，時宴的聲音突然出現，「妳想去就去，跟妳小舅媽急什麼？」

秦時月無語片刻，突然回過味來，「那小舅舅你的意思是同意我去了？」

時宴沒說話，只是有些嫌棄地看著她。

「我這就去準備簽證的資料。」秦時月撒開腿就往樓上跑，留鄭書意在原地目瞪口呆。

「這說風就是雨的性格到底是像了誰？」

同時，鄭書意拉了拉時宴的袖子，「你就這麼輕易地答應了？」

時宴輕哼一聲，「那我們打個賭。」

鄭書意：「賭什麼？」

時宴：「我賭她最多半年就受不了，鬧著要回家。」

樓梯上傳來秦時月蹬蹬蹬的腳步聲。

鄭書意看著她的背影，無比鄭重地說：「我賭她會堅持到完成學業。」

隨後，她抬頭看著時宴，眼裡映著他的倒影。

「你不知道，一個女人為了和自己喜歡的男人站在同一高度，會有多努力。」

為了趕上一月開學時間，秦時月十二月就動身去了英國。

金融組的職位一下子空出來兩個，害ＨＲ連續加了好幾天班。

一個是秦時月的職位，一個是鄭書意的職位。

這天下午，鄭書意關上自己辦公室的門，看了一下門牌上的「鄭書意」三個字，才轉身回家。

她一打開門，發現客廳的燈已經開了。

走到廚房，才看見時宴站在料理檯前清洗蔬菜，「你幹什麼呢？」

時宴不急不緩地說：「為鄭主編做晚飯。」

「鄭主編」三個字著實取悅到鄭書意了。

「你要是早這麼嘴甜，我們的孩子都能打醬油了。」

說者無意，聽著有心。

時宴抬眼看著她，眸子裡映著浮動的陽光。

不過鄭書意丟下這句話便跑去了衣帽間。

明天才是她正式上任的第一天，新職位新氣象，得準備一套最好看的衣服。

幾分鐘後，時宴聽到裡面傳來一聲尖叫。

時宴慢條斯理地擦乾淨手，才走進去。

衣帽間內，鄭書意光著腳，瞪大了眼睛，看著首飾櫃上的一個藍色絲絨戒指盒。

她問：「這是什麼？」

時宴靠在門邊，笑著說：「妳說呢？」

鄭書意沒有回過神，呆呆站著，沉默不語。

時宴徐徐站直，走到她面前，將戒指取了出來，「鄭主編，妳打算什麼時候讓我也在妳這裡升個職？」

當他要抬起鄭書意的右手時，她卻突然退了兩步，「你的述職報告呢？」

時宴：「……」

一時的語塞，換來鄭書意的背影。

「你居然沉默了？你完了。」說完，她趿拉著拖鞋，逃似的跑去露天陽臺。

今天無風無雨，夕陽如碎金。

鄭書意坐在藤條椅上，雙手不知道該往哪放，便把身旁花瓶裡的幾枝臘梅抽出來抱住。

她需要吹一吹冷風，來平復心情。

時宴沒有跟出來。

沒多久，鄭書意便聞到了一股清淡的飯菜香。

飯菜香似乎總能影響人的思緒。

有的時候，鄭書意走到某個地方，聞到一股炊煙味，記憶會被拉到童年，想起在爺爺奶奶家裡的日子。

而此刻聞到的味道，卻讓她腦海裡浮現出很多很多年以後的畫面。

希望年復一年，日日如此。

「書意。」時宴走過來時，沒有腳步聲，「外面冷，進來吃飯。」

鄭書意沒有睜眼，只是彎了彎嘴角。

「先生，你誰呀，不要隨便搭訕美女。」

「我可是有丈夫的人。」

——《錯撩》正文完——

番外一　粉嫩婚禮

冬去春來，陽臺的臘梅不知不覺只剩一根根枯枝，被人換成了一束梔子花。

鄭書意喜歡這馥鬱的香氣，聞著就有夏天的味道。

她每一天都期盼著今年夏天的到來。

鳥語蟬鳴，花繁葉茂之時，她就要穿上婚紗嫁給時宴啦。

這一天，畢若珊收到了鄭書意寄來的請帖。

她看了上面的婚紗照一眼，手邊的奶茶頓時就不甜了。

別人婚紗照裡新娘子都像個高貴的公主，就算笑也帶著一股嬌羞。

而鄭書意似乎不知道「嬌羞」兩個字怎麼寫，嘴角都快咧到了耳朵。

也不怕以後他們有了孩子，看見家裡掛的婚紗照會覺得自己的媽智商不太高。

看完請帖後，畢若珊又收到了鄭書意的訊息。

她傳來了十幾張圖片，是婚禮策劃團隊提供的概念設計。

鄭書意：『哪種好看？』

花了好幾分鐘看完這些內容後，畢若珊含著淚打字。

畢若珊：『靠！！！』

畢若珊：『都好看！！！！』

鄭書意：『不要說這三個字，我已經聽時宴說煩了，快幫我選選。』

這還真有點為難畢若珊。

婚禮地點選在愛爾蘭的阿黛爾莊園，這個酒店本身的環境就已經很美了，加上婚宴團隊的精心設計，讓她在這堆設計圖裡選出最好的，其難度比升學考數學最後一道選擇題還大。

在她猶豫的幾分鐘裡，鄭書意又傳來了幾張圖。

鄭書意：『這個呢？設計總監說這是他今年準備拿來參賽的作品。』

畢若珊把這幾張圖看了好幾遍後，打字的手變得顫抖，發自肺腑地拍起馬屁。

畢若珊：『這個好看！就它了！必須選它！』

畢若珊：『不然我把頭都給妳擰掉！』

畢若珊：『就算我不能擁有這樣的婚禮，我也要在這種環境裡當伴娘！』

此刻，鄭書意正在婚慶公司。

她看見畢若珊的回覆，勾了勾唇，又俯身去滑動身前的LED螢幕。

這家公司的設計總監見鄭書意傾心於這個設計，說道：「光是看圖其實無法體會到現場的美，請您跟我來，我們公司有VR設備，戴上沉浸頭戴式設備，能身臨其境體驗婚禮現場。」

五分鐘過去。

時宴闔上手裡的雜誌，抬起頭時，才發現自己的新娘不見了。

說來可笑，雖然他是新郎，但全程沒有任何發表意見的空間。

直到半個小時過去，鄭書意才一臉興奮地回了待客區。

她明明眼睛都在放光，卻在外人面前故作矜持地說：「我剛剛去看了，還不錯，你要去看看嗎？」

「妳看好了就行。」

他光是看那設計圖裡漫天的粉色泡泡一眼就要窒息了。

鄭書意對他的表現很滿意，把設計圖遞給他：「那就這個了，你覺得呢？」

雖然是在問他的意見，但那語氣分明就只是意思意思。

時宴收了圖，卻沒展開，「妳不用再考慮考慮嗎？半個小時就做決定？」

鄭書意覺得他說得對。

這種一輩子一次的大事，確實不能草率。

於是她轉頭對設計總監說：「那我們回去考慮好了再聯絡你們吧。」

回到家裡，鄭書意閒不下來，坐到沙發上把可供選擇的概念圖傳給自己的朋友們。

得到的答案非常一致。

人以群分，她的朋友們跟她一樣都無法抵抗鋪天蓋地粉色玫瑰蕾絲氣球構造的夢幻般的婚禮現場。

「好了，我已經決定好了，」鄭書意說，「就是今天跟你說的那個吧。」

說完她又捧著設計圖美滋滋地欣賞了起來。

卻聽見時宴冷不防地說：「我不同意。」

鄭書意以為自己聽錯了，「你說什麼？」

「我說。」時宴側頭看了她一眼，一字一句道，「我不同意選這個。」

鄭書意眨了眨眼睛，「那你覺得哪個好？」

時宴：「除了這個，其他的都可以。」

鄭書意澈底愣住，好一陣子，彷彿遭受了毀滅性打擊，倏地坐起來，顫抖著嗓音說：「為什麼？」

時宴是故意跟她作對嗎？

時宴手臂搭在沙發靠背上，指尖玩著鄭書意的頭髮，卻沒有立即回答鄭書意的問題。

於是新娘子使出了殺手鐧，「時宴，你是不是不愛我了？」

「……」頓了片刻，時宴的回答直戳要害，「太粉。」

他不想自己一生一次的婚禮，回憶起來。

——會覺得自己是個公主。

「太粉？」鄭書意揮開他的手，擰眉冷笑，「粉床單你不也睡了一年了？我也沒見你失眠啊。」

這件事不提也罷，提起來，時宴也有一番理論。

可轉頭一看見鄭書意，他的神情倏地柔和下來，眉梢抬著，寥寥一眼，卻釋放著只有兩人知道的資訊，「我睡的是床單嗎？」

「……」

鄭書意猛地把抱枕砸向他，鞋都沒穿就跑回了房間。

過了一陣子。

她聽見門被推開的聲音，立刻抱著腿蜷縮在沙發角落扭頭看向窗邊。

如果《紅樓夢》重拍，此刻的鄭書意必定是林黛玉的最佳人選。

「唉，還沒結婚呢，就這樣對我了，不知道以後我在這個家還有沒有立足之地。」

說完，她用餘光瞥時宴。

卻見他支開放在耳邊的手機，問道：「妳說什麼？」

鄭書意：「……」

「我說這個家已經沒有你的立足之地，請你出去。」

時宴拿了一件外套，還真的出去了。

鄭書意單方面的冷戰不過持續了半個小時。

聽著外面什麼動靜都沒了，她沒耐住性子，悄悄地走了出去。

她找了一圈，最後走到書房門口。

打開一條門縫，看見時宴正在看書。

她調整一下表情。

以她對時宴的瞭解，這人向來吃軟不吃硬。於是她理了理頭髮，踩著小碎步走了進去，弓腰穿過時宴的手臂，騰得一下坐進他懷裡。

時宴對著突如其來的投懷送抱已經習以為常，一隻手攬住她的腰，同時還能面不改色地給書放上書簽。

不急不緩地闔上書頁後，他才開口：「怎麼了？」

鄭書意抱住他的脖子，嬌滴滴地說：「老公，我從小就想擁有一個粉粉嫩嫩的婚禮，像公主一樣，這是我這輩子最大的夢想。」

時宴視線越過鄭書意，平靜地看著電腦螢幕：「妳上個月說妳這輩子最大的夢想是老公敷妳用不完的面膜。」

鄭書意：「……」

鄭書意雙手捧著他的下頜，含情脈脈地看著他，「這樣吧，以後我每天下班都回來做飯給你吃，讓你每天都能吃上妻子做的愛心晚餐，好嗎？」

時宴：「那我還是選擇粉嫩婚禮吧。」

「……」

為什麼，在他微妙的措辭裡，鄭書意聽到了一股嫌棄的味道。

番外二　時太太

流金鑠石的日子，一群來自亞洲的客人紛紛踏上了愛爾蘭的土地。

阿黛爾莊園坐落於利默里克郡，四周地勢起伏跌宕，賓客們來的路上都受了不少折磨。

特別是畢若珊這個暈車專業戶，一下車便狂奔找垃圾桶。

但沒有人抱怨過。

因為這場婚禮雖然舉辦的盛大，受邀而來的客人卻不多，全都是雙方的親戚與好友。

其實在幾個月前，鄭書意以為時宴的心理那麼縝密，身後背景關係又縱橫交錯，她勢必會在婚禮上見到許多從未打過照面的陌生人。

然而沒有。

——沒有商業情面，沒有社交利益權衡，只有真正帶著祝福前來觀禮的嘉賓。

對嘉賓來說，他們也是第一次參加這樣盛大而又簡單的婚禮。

天公作美，惠風和暢，天朗氣清。

連空氣裡浮動著清新的甜味。

宋樂嵐坐在鋼琴前，為她家的新人獻唱。

鄭書意挽著父親鄭肅的手，走上花團擁簇的拱門前，她一遍又一遍的環顧四周。

她想看得再仔細一點，希望婚禮的每一個角落，都在她的回憶裡永不褪色。

然而當她看見她的新郎時，眼裡便只剩下他一人。

童話般的婚禮布置在她眼裡也黯然失色。

只有他在，她才是公主。

在宋樂嵐的歌聲中，鄭書意一步步朝時宴走去。

她第一次覺得，一首歌為什麼這麼長，這條花路怎麼這麼遠。

越是靠近，她的情緒越是激動。

不知道為什麼，她感覺胸腔裡如有滾燙的浪潮在翻湧。

在距離時宴還有好幾公尺時，像是一刻也不能等了，鄭書意突然鬆開父親的手，提起裙擺朝他奔去。

白色頭紗緩緩飄落，新娘笑彎的雙眼讓白天也有了璀璨的星星。

所有嘉賓都沒有從這突如其來的意外中回過神。

只有時宴在鄭書意提起裙擺的那一刻，便朝她張開了雙臂。

白色頭紗墜落在畢若珊腳邊。

她和鄭肅，以及所有嘉賓都目瞪口呆地看著時宴抱住撲向她的鄭書意，微微一別身，站穩了腳步的同時，俯身在她唇上落上一吻。

掌聲與煙花終於在這一刻意外地響起。

就連主持過幾百場婚禮的司儀也愣了好一陣子。

在回過神後，胖乎乎的臉發自肺腑地露出了姨母笑。

參加這一場婚禮的每一個人，不論是新郎新娘還是嘉賓與工作人員，被氣氛感染，人人嘴角都帶著笑。

司儀第一次遇到這樣的新娘，連詞都差點說錯。

好不容易撐到了最熟悉的流程，他看著鄭書意，莊重地問：「鄭書意女士，妳是否願意嫁給時宴先生為妻，無論生老病死、貧窮富貴，都與彼此相伴不離，永遠忠誠於彼此，永遠體貼於彼此，永遠尊敬、呵護對方嗎？」

鄭書意連連點頭：「我願意我願意我願意！」

臺下又是一片哄笑。

鄭書意這時才反應過來自己好像有點過於激動了，臉上不知不覺紅了一片。

她低頭朝時宴靠去。

時宴抬手圈住她的頭，把她擋在自己臂彎裡，胸膛卻因笑意而震盪。

他側頭看著觀眾，聲音透過司儀的麥克風傳了出來，「見笑了。」

鄭書意：「……」

同樣的問題，司儀又問了一遍時宴。

鄭書意抿著唇，滿眼憧憬地看著時宴。

她想，每一個新娘最記憶最深的時刻應該都是聽著自己的愛人親口對她說「我願意」吧。

而時宴卻不像鄭書意那樣急切。

他深深地看著鄭書意的雙眼，此刻的時光，一如往後的歲月，在他的眼神裡安靜而繾綣地流淌。

「我願意。」

他沉沉的嗓音響起的同時，抬手拂過她耳邊的長髮。

「我願意。」

他又說了一遍。

在鄭書意雙眼蒙上一層水汽時，他說了第三遍「我願意」，並低頭親吻她。

很多很多年後，鄭書意沒想到她只記得婚禮這天時宴的每一個吻，每一個眼神，每一句話，卻忘了她曾以為自己會最在意的，這座城堡的形狀，玫瑰花柱的花紋，以及身上每一套漂亮的禮服。

哦不，晚宴上的禮服她印象還是很深刻的。

那是一套後背鏤空纏繞絲綢綁帶的晚禮服。

她穿著這套淡粉色的裙子，牽著時宴的手，去每一桌賓客面前敬酒。

賓客們火力全集中在新郎身上，並不勸新娘的酒，所以晚宴結束後，鄭書意只是臉上泛了一點紅暈。

但時宴卻喝了不少。

雖然他酒精不上臉，一舉一動也完全看不出來醉酒的樣子，但只有握著他手掌的鄭書意能感覺到他的體溫在一點點攀爬。

直至晚宴結束，賓客們各自要回房間，時宴還能面不改色地送別他們。

可是輪到他們要回去時，時宴卻突然扣住鄭書意的手。

兩人跟在時文光、王美茹他們身後，看著他們踏進電梯的那一刻，時宴突然拉著鄭書意轉身往外跑去。

電梯裡的長輩看著他們的背影，哭笑不得。

「幹什麼呀！」走廊幽長安靜，鄭書意的裙擺這時候變成了累贅，跑得踉踉蹌蹌。

時宴回頭看了一眼，隨即將她打橫抱起。

「哎呀，」鄭書意心安理得地抱著他的脖子，卻說道，「這大庭廣眾的，你幹什麼呀！」

時宴不僅沒說話，腳步還越來越快。

他們回到了舉行婚禮的草地上。

場地設施還沒有搬走，時宴帶她穿過玫瑰花拱門，站到他們為對方戴上對戒的地方，「今天忘了跟妳說一件事。」

鄭書意：「嗯？」

「原本想在這裡告訴妳的一件事。」他拉著她的手，按在自己胸口上，在漫天繁星下，他帶著醉意的雙眼比星星更亮，「第一次遇見妳，是前年十月的頒獎典禮。」

鄭書意慢慢瞪大了眼睛，卻想不起關於時宴的任何蛛絲馬跡。

這種什麼都想不起的感覺很不好受，鄭書意很後悔那時為什麼沒有留意到這個人。

可時宴不在乎。

他呼吸裡的酒氣在夜風裡稀釋，眼裡的情意卻越來越濃。

「我肖想妳很久了，時太太。」

這一晚，他們在星空下擁吻。

帶著玫瑰香的風從草坪吹到了房間。

進門的那一刻，時宴將她抵在門板上，右手從鄭書意的腰緩緩撫摸至蝴蝶骨，繞著那一根淡粉色的絲綢，一圈又一圈拆下。

一室旖旎，夜裡也有春光。

鄭書意沉入浴缸的溫熱中，與那根絲綢化作一體，在水裡不停地上下浮動。

她攀著時宴的肩，在激蕩的水波中聽見時宴一遍又一遍在她耳邊說。

「我愛妳。」

秦時月番外

chapter 1

深冬的英國，天早早就黑了。

林蔭路裡陰雨綿綿，樹葉濕漉漉地壓下來，連空氣也沉重了幾分。

路邊一家小酒吧內開著暖氣，溫暖如春。

昏黃柔和的燈光下，喻遊身旁坐著三兩老友，他們時而哄然大笑，時而低聲竊語，以威士忌為喻遊接風洗塵。

喻遊在談話間隙餘光往外一瞥，視線透過被霧氣模糊的窗戶，捕捉到一抹稍縱即逝紅色的身影。

只是分了片刻的神，他緩緩收回視線，心想自己這是時差還沒倒好，還以為自己在國內。

半個小時後，喻遊接了房東的電話，臨時要回去一趟。

跟朋友們說了一聲後，他起身拿起衣架上的外套。

這時，酒吧老舊的實木門被推開，一股冷風灌了進來。

桌上有個人突然叫到：「噢，美女！」

一行朋友，除了喻遊，紛紛回頭觀望，只有他一人慢條斯理地撣了撣黑色大衣上沾染的點點灰塵。

這堆朋友裡不乏熱情的，短短幾秒，便已經湊上去搭訕，「Look at this beautiful lady, drink alone ?」

平時談論學術的博士，強行搭訕，聽起來有幾分油膩。

喻遊輕笑了一聲，穿上外套，目光淡漠地越過眾人。

正要往外走時，一道熟悉的女聲突然鑽進他耳朵。

「Nope, I'm coming for meeting my friend here.」

喻遊腳步突頓，轉身看見秦時月時，竟有一股恍惚的感覺。

她穿著一件紅色短款斗篷，長髮黑亮濃密，五官明豔得像芭比娃娃。

她捧著臉笑著，一瞬間便讓喻遊覺得這十幾個小時的飛行時間只是眨了下眼睛，萬里距離等比縮小。

他好像又置身於那個熟悉的國度。

同樣熟悉的，還有那股被任性驕縱縈繞的氣氛。

但喻遊只是目光淡淡地掃過她，彷彿只是打量一個陌生人一般，腳步卻徑直朝她走去。

站住的同時，伸手將酒保遞來的酒杯擋住，「妳怎麼來了？」

一個小時前，他收到秦時月的消息，問他在哪裡。

他隨手拍了一張酒杯的照片傳給她，沒想到她竟然就出現了。

這行動力，彷彿不把國度當回事。

「我來找朋友呀，」秦時月朝他眨眨眼睛，「沒想到這麼巧。」

「妳說巧就巧吧，」喻遊撩了撩眼，看向牆上的掛鐘，「不早了，妳先回去吧。」

說完，他推開手邊的酒，放了錢在桌上，然後拉上她出門。

秦時月：？？？

由於穿著高跟鞋，秦時月行動受阻，只能邁著小碎步隨他出去。

「妳住哪裡？」到了門外，喻遊沒有給秦時月胡謅的機會，「這次待幾天？妳家裡人知道妳跑來英國了嗎？」

「你、我……不是，他們當然知、知道。」秦時月被他這三連問搞得有點茫然，說話結結巴巴，直接把她的可信度降為零。

喻遊看了她一眼，直接掏出手機準備打電話給鄭書意。

秦時月感覺自己受到了侮辱。

她氣笑了，雙手叉腰，一口口喘著氣，根本不想解釋什麼，「好，你打，你打。」

然而還不等電話接通，喻遊卻看見一個金髮碧眼的女生小跑過來，一邊大聲喊著「Christine！」，一邊把秦時月抱了個滿懷。

她大學的時候便是在這裡讀的，親朋好友自然不少。

本來今晚打算約朋友聚一聚，看到喻遊的照片，她隨口問了問便知道是哪家酒吧，乾脆就把朋友約來這裡了。

女生頭髮太茂密，糊了秦時月一臉，她好不容易才掙扎著露出眼睛看向喻遊。

看見沒？我真的是來找朋友的，不是來「偶遇」你的。

畢竟第一次自作多情，秦時月還挺想看看他尷尬的樣子的。

可是喻遊並沒有出現她想像中的表情。

沉默中，由於時差，鄭書意那邊沒有接到電話，自動掛斷。

喻遊便從容地收了手機，直勾勾地看著秦時月。

「那——」他偏頭凝視著她，「妳玩得開心。」

秦時月看著他的眼睛，腦子突然有點卡住，不知道說什麼，只是點了點頭。

喻遊轉身跨下臺階，才徐徐收回落在她臉上的目光。

房東打電話來說是地板漏水的小問題，但真正解決起來，卻花了不少時間。

等喻遊空下來，正準備出門時，朋友那邊打來電話，說等了太久，決定先各自回家了。

喻遊自然說好，只是掛電話前，他想到什麼，又問：「酒吧裡那個亞洲女孩走了嗎？」

酒吧裡亞洲面孔就那麼幾個，朋友當然知道他說的是誰，『沒有走，她們玩得很開心，開了很多酒。』

掛了電話後，喻遊打開窗戶，想伸手感知外面的溫度，卻接到冰冰涼涼的雪粒。

居然下雪了。

他嘆了口氣，拿上外套走了出去。

喻遊回到那家酒吧時，小雪粒已經變成了六角形的花片，紛紛揚揚而下，掛在行人的髮梢、肩頭。

臨近十點，酒吧也要打烊了，客人沒剩下多少。

這家店連桌椅都浸淫著酒精的味道，一走進來，彷彿進入了迷醉的世界。

而秦時月此時已經被朋友灌了不少酒，但距離斷片還有一根線的距離。

看到喻遊的那一瞬間，她覺得自己那根線突然斷了。

他站在門口，背著光，身後雪花飄揚，有些看不清輪廓。

秦時月瞇了瞇眼睛，正想走過去，身旁的朋友又拉著她喝酒。

被一打岔，她便以為自己喝多了出現了幻覺，又轉過頭跟朋友說話。

這個時間，酒保打著哈欠，音響裡的音樂也關了，兩人的笑鬧聲在酒吧裡輕微地盪著回聲，熱鬧又寂寥。

所以喻遊那一聲低沉的「秦時月」便特別抓耳。

秦時月從沙發裡探了上半身出來，和喻遊對視片刻，突然眨了眨眼睛，起身朝他走過去。

「哎呀，我們又見面了，」她偏頭看著他，呼吸裡帶著一點酒氣，「你不會是專門回來找我的吧？」

旁邊有醉漢偏偏倒倒地經過，喻遊順手將秦時月拉到自己身前。

「嗯，夜裡不安全，妳喝了酒，我不放心妳一個人回家。」

喻遊沒有否認他在雪天回到這裡的目的，可他說出來的話又那麼合情合理，讓人感覺他真的只是擔心一個女性朋友的人身安全。

說完，他垂眼看下來，「所以妳打算在這裡待到什麼時候回家？」

「啊？」秦時月回頭看了自己朋友一眼，「馬上就要走了。」

喻遊沒再說什麼，先她一步走過去，和那個女生點頭示意後便坐了下來，「那我等妳。」

秦時月愣了一下。

單戀的那個人總容易多想，她總覺得喻遊坐在她身旁，兩人的腿抵著，就已經超出了「監護」的態度。

女生打量了喻遊幾眼，好像明白了什麼，便促狹地問秦時月：「男朋友啊？」

反正喝多了，秦時月咯咯笑著：「現在還不是。」

她側頭看著喻遊，小聲說：「以後是不是，就不知道了。」

喻遊抬了抬眼，對視片刻，伸手把她的頭掰回去，「朋友。」

又是大半個小時過去，桌上的酒才下去兩瓶。

喻遊看著他們兩個小孩的喝法，大概一晚上都混不完這一桌子的酒。

也不知道她的家人是怎麼放心讓她一個人來國外的。

「不早了，」秦時月正開心的時候，喻遊在她耳邊低聲說，「妳還要玩到幾點？」

「你不懂我們年輕人，」秦時月醉眼朦朧地看著他，「還不到十一點，不是很早嗎？難道你就準備睡覺了啊哥哥？」

說著，對面又一杯酒遞了過來。

秦時月搖搖晃晃地接過，她的雙唇剛沾到杯口，便被人奪走。

喻遊端著她的酒杯，仰頭一飲而盡，隨手擱下杯子。

那模樣正經地彷彿只是喝了一杯茶。

「哥哥年紀大了，折騰不起。」

秦時月根本沒聽他說了什麼，目光一直停留在那被他喝過，帶有自己唇印的杯子上。

她突然有點後悔，自己今天為什麼不塗濃豔一點的口紅。

這樣就能在他嘴上留下自己的痕跡了。

後半小時，等秦時月回過神，桌上的酒已經所剩無幾。

仔細回想，好像都是喻遊喝的。

而他神色依然平靜，完全看不出來喝了這麼多酒的樣子，甚至連眼神都清明得像馬上要去參加什麼學術論壇。

「現在可以回去了嗎？」

「行吧。」

酒都喝完了，不回去還能怎麼樣。

秦時月努著嘴，腦子裡暈沉沉地跟著喻遊走了出去。

此時街上空蕩蕩的，冷冷清清，偶爾只有幾個醉漢經過。

喻遊不知道秦時月哪裡來的膽子敢在這種情況下和一個女生出來喝酒。

他打電話叫了計程車，要等一陣子才能安排車過來。

兩人在路燈下站著。

一個沉靜如水，一個滿臉寫著莫名其妙地興奮。

「以後別這麼晚出來喝酒，不是每一次都能有人來接妳。」

秦時月：「你管得可真寬，又不是我男朋友。」

喻遊低頭看著她，「那妳每次有麻煩都打電話給我，是直接把我當男朋友了？」

秦時月偏頭笑了笑：「對啊，你才知道啊？」

喻遊輕嗤，「我竟然不知道自己已經變成了別人的男朋友。」

「對哦。」秦時月若有所思地點頭，「那你挺虧的。」

喻遊沒再理她，正想抬手看一眼時間，一股清甜的香味突然湧過來。

秦時月溫熱的氣息夾著冰涼的雪花躥進他的唇間。

祖傳的酒後表演藝術天性再一次展露，秦時月腦袋是暈的，眼前的街道是倒置的，整個世界都像是虛假的，以至於她敢肆無忌憚地強吻喻遊。

喻遊立刻擰著眉推開她，可秦時月穿著細高跟，經不得他的力氣，眼看著人要栽下去了，喻遊只能一把將人拉回來。

這一來一回，在秦時月的感官裡彷彿只是盪了一下鞦韆，重回喻遊的懷抱，她反而得寸進尺，攀著他的肩，又啃又咬的。

但始終停留於表面，像小雞似的在唇邊輕啄。

喻遊就這麼靠著路燈站著，沒再推開她，也沒其他動作，任由秦時月撒野。

雪越下越大，落入兩人的間隙，被秦時月溫熱的唇裹挾著，冰冰涼涼地覆在喻遊的唇角。

喻遊始終淡定地垂著眼睛。

突然，他張口，舌尖勾走那一抹將化的冰涼，送入秦時月口中。

雪花在兩人的舌尖交纏的那一瞬間，頃刻融化，變成強電流，電得主動強吻的那個人呆愣愣地站在原地，僵硬地半張著嘴，連眼睛也忘了眨。

而喻遊卻好像沒事人一般，雙眼淡漠地看著她，說道：「秦時月，妳占我便宜占夠了嗎？」

把秦時月送回酒店後又折騰了很久，等喻遊從酒店出來後，雪下得越發厚重。計程車司機沒等，他只能重新打電話叫車。

而他沒能帶走外套，穿著一件襯衣加圓領毛衣，抵不住風雪的寒冷。

喻遊站在路邊，寒氣入骨的冷風混合著淡淡的女士香水味，若隱若現，卻又揮之不去。

這次秦時月來英國，明明還沒發生什麼，他卻有了一種自己未來的計畫又會被打亂的感覺。

回望自己近三十年的人生，他的每一個階段都規劃得有條有理，即便是每日計畫，也不受任何外界力量所限制，更很少因為誘惑而改變軌跡，只會按照自己的決定穩打穩紮地進行。

除非是遇到了不可抗力。

而他自從認識了秦時月，沒有山洪猛獸，也沒有病痛折磨，卻一次次因為她在執行計畫的路上來個急轉彎。

chapter 2

第二天早上醒來，秦時月感覺頭痛欲裂。

她從床頭摸了一瓶礦泉水，一邊狂喝，一邊罵著國外賣假酒。

半瓶礦泉水下肚後，她渾渾噩噩地下床。

雙腳觸到地面那一瞬間，渾身的痠痛感襲來，秦時月「撲通」一身栽到地上，差點沒爬起來。

她嘰嘰歪歪地拖著雙腿走到浴室，看見鏡子裡自己鎖骨處一片片的紅印子，腦子裡瞬間變成了一片亂碼。

「什麼情況……」

她拉開睡袍的領子低頭看了一眼，又扭頭去看床上那亂七八糟的衣服——以及一件喻遊的外套。

「撲通」一聲，秦時月再次摔在了浴室裡。

想不到啊想不到，喻遊居然是個提起褲子就走人的斯文敗類。

花了好幾分鐘爬起來，身殘志堅的秦時月捂著嘴回到床邊，從枕頭縫裡掏出手機，找到喻遊的對話欄。

半個小時後，她終於傳了訊息。

秦時月：『我醒了……』

喻遊：『嗯。』

喻遊：『妳現在應該很不舒服，記得喝點水，洗個澡，好好休息。』

秦時月咽了咽口水，還紅了臉。

秦時月：『你怎麼知道我現在很不舒服？』

喻遊：『看妳昨晚那個狀態，今天能舒服嗎？』

秦時月咬著手指，戰戰兢兢地打字：『我昨晚什麼狀態？』

喻遊：『忘了嗎？要我幫妳回憶一下？』

秦時月：！！！

秦時月：『怎麼回憶？』

秦時月：『你該不會是錄了影片吧？』

喻遊：『沒有。』

喻遊：『但如果有下一次，我覺得我可能會錄下來。』

秦時月：『你居然有這種愛好？』

秦時月：『我沒想到你居然是這種人！表裡不一！』

喻遊：『行了，去休息吧，我也很累。』

秦時月：『還休息什麼休息，我們把話說清楚。』

秦時月：『做了就做了，我又沒有逼你負責，你錄影算什麼男人！』

喻遊：『誰跟妳做了？』

秦時月：『？』

秦時月：『不是你還能是誰？』

這次喻遊的沉默時間長達好幾分鐘。

喻遊：『酒店樓下有ＳＰＡ，客服部也提供葡萄糖。』

秦時月：『……？』

幾秒後，喻遊直接打了一個語音電話過來。

秦時月還愣了一下才接起來。

『酒沒醒就再睡一下，現在還早。』

『至於妳設想的情況，我覺得妳需要回憶一下妳昨晚一邊脫衣服一邊抱著柱子跳舞的情況，以及在洗手間裡連續摔了三跤後拉著我的袖子不放手。』

『如果我不脫了外套，我可能回不了家。』

『而我今天有一堂很重要的交流課。』

手機那頭，喻遊摘下眼鏡，捏了捏眉骨。

他原本是打算晚上回家做功課的，因為秦時月，他被拖住了幾個小時，甚少打亂作息習慣的他只能被迫熬一個通宵。

秦時月：「……」

『如果有下一次，我真的會錄影。』

隔了很久，秦時月才毫無氣勢地說：「哦，這樣啊，那你忙吧。」

喻遊聽到她的聲音，莫名地笑了：『怎麼妳聽起來還挺失望？』

秦時月：「我確實是失望。」

不等喻遊說話，秦時月的嬌羞終於姍姍來遲，連忙轉移話題：「你的衣服什麼時候還給你？」

喻遊：『原來妳要還的嗎？』

秦時月：？？？

秦時月：「當然要還！」

喻遊：『我還以為妳愛屋及烏，不打算還了。』

話音落下，秦時月突然陷入沉默。

雖然秦時月一直追著喻遊跑，但她從來沒有挑明過。

而喻遊這句話，無疑是主動將兩人的關係攤開了，某些事情，便變得不一樣了。

「哦，」許久，秦時月才說，「那我不還了。」

『……』

喻遊：『行。』

這天，秦時月宛若一個廢人在床上躺了很久。

當酒意漸漸消散，昨夜記憶的碎片在腦海裡逐漸拚湊出一些片段，秦時月恨不得當場跳樓。

她再次感嘆，為什麼酒後斷片的技能她就學不會！

她為什麼就控制不住這手、這腿、這張嘴，在喝醉之後幹出那麼多蠢事。

就這樣喻遊今天還能好好跟她說話，可真是太有修養了。

而且她單方面發酒瘋把自己搞得渾身痠痛，卻氣勢洶洶地以為是喻遊把她睡成這樣的。

就這樣，秦時月自閉了整整一個星期，不敢主動去找喻遊。

在這期間，她忙於歸置住處，每天奔波在家居賣場，等她把家裡收拾像樣了，還沒喘口氣，又到了開學的日子。

雖說活了近二十三年，經歷了無數次開學，但秦時月還是第一次對入學懷揣著一點點期待。

如今讀書對她不再是敷衍家裡的流程，而是自己的選擇，投入的熱情呈數量級增長，也對其難度有了一定的心理準備。

她本身基礎弱，要重新撿起書本，吃力是必然的。

但她沒想到追趕進度竟然是這麼慘無人道！

或許人總是無知才無畏，學的越多，才會越覺得自己的知識面匱乏。

當初她能天天像個孔雀一樣在喻遊面前搔首弄姿，是覺得自己年輕漂亮又有錢，怎麼會有男人不喜歡呢？

至於學歷，那不過是一張紙而已，對她來說可有可無。

可真當她嘗試邁一條腿進去時，才發現這根本就是一個她從未涉足過的世界。

身邊的人談論的不再是美妝美食與美女，耳邊充斥著各種她聽不懂的深奧詞彙。

她不明白為什麼有的人能夠為了爭論一個與自身生活無關的哲學問題叭叭叭地講上五、六個小時，更不懂那些寫了半公尺高的計算紙後解出一道數學題的成就感到底源自何處。

但她卻明確窺得，這些是她和喻遊之間必須跨越的一條鴻溝。

第一步，自然是把每天一起逛街吃飯開 party 的酒肉朋友，慢慢地更替成了一群學霸們。

其實秦時月要混進這種圈子很困難，很多時候他們跟秦時月交談都處於「話不投機半句多」的狀態，好在她人漂亮可愛，又熱情開朗，總是大方請客，這些華人同胞們自然沒辦法將她拒之門外。

可說到底，不是同一個層級的人，做不到真正的交心。

他們的態度秦時月如何感覺不到，大家把她當開心果，當做一個賞心悅目的洋娃娃，平時吃飯聚會也都帶上她，但談正事的時候，他們中間似乎自然就升起一道無形的壁壘。

事實擺在她眼前，她不得不相信，她那些引以為傲的金錢、美貌，在學識面前一文不值。

從前她是高高在上的秦大小姐，現在卻覺得自己就是個文盲。

沮喪。

秦小公主的自信在一天天的學習生活中反而土崩瓦解。

這天下課後，秦時月沒急著回家，跟著幾個朋友去了咖啡廳。

大家在為下個週的 workshop 做準備，她能提供的幫助雖然不多，但審美還行，做得一手漂亮的ＰＰＴ。

面前堆的資料比電腦螢幕還高，她那一頭大波浪長髮鬆鬆地盤在腦後，隨手插了一支筆，沒化妝沒戴放大片，戴了一副框架眼鏡，加上憔悴的面容，看起來還真有點學霸的模樣。

正在她埋著頭一遍遍地核對內容時，頭頂突然響起一道聲音。

「秦時月？」

秦時月倏地抬頭，眼鏡往下掉，看起來有點呆。

喻遊一直以為秦時月來英國只是心血來潮，過不了幾天玩夠了就會回去。沒想到這段時間她並沒有頻繁出現在他生活中。

再次偶遇，竟然還看見她在念書。

「還真的是妳。」喻遊笑了笑，「妳怎麼在這裡？」

「我、我在這裡做作業。」秦時月扶著眼鏡，說話聲音很小，還不敢直視喻遊。

沒辦法，除了不敢回想自己發酒瘋的模樣以外，這段時間她已經在無形的打擊中收起了自己的孔雀屏，不好意思成天在喻遊面前刷存在感，就連傳訊息找他聊天的次數都少了很多，所以這時突然素顏相見，她有點怯生生的。

「嗯。」

喻遊身旁還有幾個金髮碧眼的中年人，一看都是教授級別的，想來也不是到咖啡廳來打發時間的。

「那我們先走了。」

眼看著他要走了，秦時月沒憋住，突然叫住他，「喻遊！」

他回過頭，「怎麼了？」

「那個，明天週末，你週末不是都去圖書館嗎，就……」秦時月輕輕摳著鏡框，小心翼翼地說，「我能跟你一起去圖書館嗎？」

喻遊的眉梢一抬，驚訝之色難掩。

一是驚訝她居然主動要去圖書館，二是驚訝她竟然這麼客氣。

跟強吻比起來，這種要求算得了什麼。

她的嬌羞倒總是用在莫名其妙地地方。

喻遊：「妳去圖書館幹什麼？」

秦時月雖然自己沒底氣，但聽到這話還是有點氣，「我當然是去念書啊，沒看見我這麼多事情嗎？」

喻遊看了她半晌，才說：「明天圖書館閉館。」

秦時月知道喻遊這是在拒絕她，洩氣地點點頭：「哦，好的。」

喻遊轉身走了兩步，目光在窗外光禿禿的樹枝上停留了幾秒，突然走回去，單手撐在她桌上，俯身掃了幾眼她ＰＰＴ的內容。

「這些妳都看得懂嗎？」

雖然很不想承認，但秦時月的象牙裡已經放不下蔥了，「就，一半一半吧……」

喻遊輕笑。

一半一半？

看來她連數學也不怎麼好。

「妳明天帶上你的東西來我家，」喻遊輕扣她桌面，「妳這些內容要重做，我想我可以幫上忙。」

等喻遊走了半個多小時後，秦時月才後知後覺地反應過來。

咦？喻遊家裡終於裝上門了？

當然，秦時月即便是去喻遊家裡，她也沒膽再計畫什麼，否則一不小心勾起那晚醉酒的回憶，對誰都不是好事。

再加上被身邊知識份子智商碾壓過的秦時月也安分了許多，不敢再裝，力圖擺脫花瓶的身分，所以她去找喻遊的時候，揹著書包拿著電腦，穿得學生氣十足，像個參加補習班的小學生。

出門前，最近在她家裡借宿的朋友迷迷糊糊地走出來，問她去哪裡。

秦時月乾脆抓住她問：「我這樣好看嗎？會不會看起來太幼稚？」

朋友打了個哈欠：「寶貝，妳本來就很年輕，妳今天有約會嗎？」

「約會？算、算是吧。」秦時月支支吾吾地說

朋友挑眉：「那妳今天非常漂亮，不過我覺得我可以送妳一份禮物。」

她說完轉身上樓，沒多久，她蹬蹬蹬地跑下來，一把將手裡捧的東西塞進秦時月的書包。

秦時月：？？？

不是，怎麼塞了多這麼保險套給她？

「大姐。」秦時月乾笑兩聲，連忙把東西抓出來，「這東西放我包裡大概會放到過期。」

朋友不解：「不是約會嗎？」

秦時月：「……就、最多算是我們亞洲人的約會，不是那種date。」

朋友一副「無聊」的模樣，轉身坐下來吃早餐，「那是我理解錯了。」

看她無聊，秦時月自己也無力。

況且就算是她想的那樣，至於裝一大把進去嗎？

喻遊可是一個每天十點半準時睡覺的人，大概連做愛都要掐著時鐘告誡對方不可縱欲。

早上九點，天還陰沉沉的，風裡也帶著寒氣。

喻遊端著一杯熱水，另一隻手拎著眼鏡，手臂靠在陽臺上，目視著一輛車緩緩停到他家門口。

秦時月揹著書包下車，踏上臺階走了幾步，正要按圍欄上的門鈴，突然想到什麼，又跑了回去。

喻遊將眼鏡戴上，看見秦時月彎腰對著後視鏡整理頭髮。

見秦時月走過來了，喻遊便準備轉身下樓開門。

可他走了幾步，沒聽見門鈴聲，再回頭，發現秦時月又折回後視鏡那邊整理頭髮了。

足足磨蹭了十幾分鐘，門鈴聲才響起。

喻遊覺得自己也是挺無聊，竟然在這裡看人家照鏡子看了十幾分鐘。

「吃早飯了嗎？」開門的同時，喻遊伸手幫她拿下書包。

「吃過了。」秦時月本著求學的態度，特別乖，都沒讓喻遊幫她拿包，直奔主題，「我去哪裡呀？」

「書房。」喻遊帶她上了三樓，轉角進入一間通透明亮的小閣樓。

他指著臨窗的桌子說，「妳就坐這裡吧，我去後面的沙發看書，有什麼不懂的就叫我。」

說完，他補充道：「我看閒書，妳不用拘謹。」

「嗯嗯，好的。」

秦時月剛剛從一樓走到二樓都沒好意思打量喻遊的家，這時本著「我看不見他看就不看見我」的態度，她借著翻書包的角度，悄悄地打量喻遊的書房。

地方不大，但是整理得緊緊有條，一眼掃過去，書架上的書都分門別類地整齊擺放。

繞了一圈，視線回到桌上，角落裡還放著一盆水培花卉。

「秦時月。」後面的喻遊突然開口，「妳真的是來念書的嗎？」

秦時月突然把手裡的書抱到胸前，沒回頭看他，「當然。」
她不就是多看了幾眼書房嘛，怎麼在他眼裡就有一股醉翁之意不在酒的意思了。
喻遊沒說話，反而響起了輕微的腳步聲。
秦時月緊緊抱著書，突然有點緊張。
喻遊的氣息慢慢籠了過來。
氣息的湧入停頓片刻後，秦時月身旁出現一隻手。
喻遊靠在她身後，單手撐著著，垂眸看著她的頭頂，平靜地說：「妳的東西掉了。」
然後，他的另一隻手，將一個方向小片放到她眼前。
秦時月：！！！
靠！早上那一包的漏網之魚。
她完全沒注意到自己從書包裡拿東西的時候把這東西帶了出來。
「不、不是，這不是我的。」
喻遊維持著這個姿勢，聲音不輕不重地落下：「那是誰的？」
秦時月：「我朋友的。」
「什麼朋友的保險套會放在妳包裡？」喻遊稍微低了一下頭，下巴不經意觸碰到她的頭頂，「男朋友嗎？」

秦時月：「……」

她本該奮起反駁，可這時她從氣勢上就被壓得死死的。

「不、不是，我哪來的男朋友，就是一個女生叫我幫她帶的。」

怕喻遊不信，秦時月憋紅了臉繼續想解釋的話。

喻遊卻突然拍了拍她的頭，「看書吧。」

好了，謝謝她親愛的室友，現在她真的只能在喻遊家裡好好念書了。

今天雖然開局不利，但只要秦時月老實了，就不會再出什麼岔子。

她老老實實地做了一上午的作業，收拾東西走到門口，突然扶著門，回頭問：「我下次有不懂的還可以來找你嗎？」

「嗯，」喻遊點頭，「可以。」

秦時月笑出一口白牙，「好的！我下週末再來！」

對喻遊來說，幫秦時月補習確實也挺考驗他的能力。

況且喻遊也不是閒人，他有自己的事情能做，最多抽出時間指點指點她，並不會時時關注著他。

次數多了之後，秦時月現在來喻遊家裡自習就像去圖書館一樣自由，並且停留的時間越來越長，有時候喻遊剛起床她就揹著書包來了，偶爾還會在親自喻遊家裡做一頓午飯。

若是讓她國內那些朋友知道她能在書桌前坐上七、八個小時，大家或許會以為她的雙腿截肢了。

時間就這樣不知不覺地過去。

光禿禿的樹梢終於在第一縷春風拂過時長出了嫩芽。

喻遊在一樓整理好了雜物，上來時，秦時月趴在窗邊的桌上睡得正香。

窗外的落葉在光柱裡飄動，讓這靜謐的畫面生動起來。

喻遊鬼使神差地站在一旁看了好幾秒，然後瞥見秦時月的電腦螢幕上密密麻麻的文獻。

他手伸到她頭頂，想敲一下，卻又一次鬼使神差地捏住她的髮絲，繞到她鼻尖掃了幾下。

秦時月被癢醒，迷迷糊糊地睜開眼。

「喻老師……」

最近喻遊在秦時月的嘴裡有了一個新稱呼。

「要吃午飯了？」

「還沒，」喻遊指著她的電腦，「先休息一下？」

「不了，我先寫完吧。」

半個多小時後，秦時月磕磕絆絆地寫完自己的 presentation 主體，一邊揉著眼睛，一邊說，「你下週是不是有課？」

喻遊不知道秦時月從哪裡打聽到這個消息的。

他作為某個學校的特聘教授也只上幾節課，所以他沒跟秦時月提過這事。

喻遊：「嗯，怎麼？」

秦時月撐著腦袋趴在桌上：「我想去聽一聽，能進去嗎？」

「沒必要。」喻遊說，「專業性很強，對妳來說很枯燥。」

秦時月：「沒關係的啊，反正都是聽課嘛，而且我跟我閨蜜的哥哥一起，還有人跟我講解。」

喻遊：「嗯？」

秦時月說：「就是那個哥哥跟我說的，下週要上你的課，巧吧？」

「妳說巧就巧吧。」喻遊低頭翻了兩頁書，不鹹不淡地說，「怎麼連妳閨密的哥哥上誰的課都知道？」

「隨口聊天嘛。」秦時月見天色不早了，開始收拾自己的書包，「那我到底能不能去啊？」

喻遊：「隨妳。」

chapter 3

真到了上課那天，秦時月還有點緊張。

雖然這半年她已經習慣跟學霸們一起上課，但這時站在講臺上的是喻遊，她感覺自己像個接受檢閱的士兵，出門前站在鏡子前連換了七、八套衣服。

一下子嫌這個太素，一下子又怕自己穿得太張揚，不符合學生氣息，折騰半天後，又在路上遇到遊行的。

提前三個小時起床，最後卻硬是踩著時間進的教室。

來聽課的人比秦時月預想中要多得多，她一進門就有點茫然，幸好她閨密嚴明知幫她留了座位，遠遠招呼著她過去。

難得春和景明，窗外鳥語花香，教室裡的學生心情也格外好，三三兩兩交頭接耳，鬧哄哄一片。

秦時月剛坐下來，喧鬧的教室突然安靜了片刻。

她一抬頭，便看見喻遊已經推門而入，走上了講臺。

他微垂著頭，神色平靜，如靜謐的風，將一室喧鬧吹散。

因為他的到來，教室裡的氣氛變得沉靜卻不沉悶。

秦時月發現教室裡的女生，不管來自哪個國家，都將目光緊緊黏在他身上。

有些奔放一點的，那眼神就快要把喻遊的領帶扯了，把襯衫撕了。

秦時月翻著白眼冷哼。

這一個個的是來求學的嗎？分明就是來求偶的。

好在喻遊應對這種場面還算遊刃有餘。

他沒急著打開投影機，單手靠著桌面，掃視下方，目光在秦時月身上停留片刻後，便開始了今天的課程。

在他開口的那一瞬間，秦時月的目光突然凝住。

這次來英國這麼久，說來也巧，每次和喻遊相見都沒有對外交流的機會。

而這一次，是她第一次聽喻遊說英語。

他不像時宴有一口流利的牛津腔，因為遊學多國，他的英語口音裡帶著沉浸著天南地北的風情。

每一道尾音，都讓秦時月有一股耳朵觸電的感覺。

她捧著臉看著他，不禁走神。

腦海裡已經想像到了未來跟著他一邊走遍全世界的旅程。

「時月？」身旁的嚴明知戳了戳她，「妳在聽嗎？」

「啊？」秦時月驟然回神，「哦哦，我剛剛在想事情。」

她看了喻遊一眼，身後的投影機依然沒開，「他現在在說什麼？」

嚴明知是秦時月閨蜜的親哥哥，兩人也算自小一起長大，後來又一起來了英國讀書，秦時月是個什麼品種的學渣，嚴明知可是一清二楚。

不過最近秦時月改變還挺大，求知欲蹭蹭蹭地長，嚴明知是個樂於助人的學霸，高中時就是班裡學渣的救星，所以現在自然也不會放任秦時月不管。

他知道秦時月聽不懂講臺上老師說的話，只能時不時低聲在她耳邊解釋兩句。

這樣下來，秦時月大概也能明白喻遊在說什麼了，偶爾還裝模作樣的點點頭，擺出一副在隨著他的話思考的樣子。

但隨著喻遊話題的深入，秦時月只是看著他的臉稍微走了兩秒的神，然後就跟不上了，滿腦子「他說的是英文嗎怎麼我連單字都聽不懂了」。

眼看著自己脫離大部隊，秦時月情急之下拽住嚴明知的袖子，急切地問：「不是，他現在又開始說什麼了？換主題了嗎？」

嚴明知被她茫然的樣子逗笑，拍了拍她的後腦勺，低聲跟她解釋了幾句。

就在這時，臺上的人突然叫到：「Christine.」

「啊？」秦時月猛然抬頭，下意識用中文說道，「怎麼了？」

嚴明知剛剛跟秦時月說話，也沒注意他說了什麼，還是後面一個女生主動提醒她，「老師邀請妳回答問題。」

秦時月回頭看了那個女生一眼，餘光一掃，發現教室裡的人都看著她。

眾目睽睽之下，她不好意思讓喻遊重複一遍問題。

比起答不出來，更丟人的是根本就沒聽老師在說什麼。

喻遊：「不知道嗎？」

雖然是學渣，但秦時月從小到大都是老師眼裡的「關係戶」，從不會在課堂上罵她，甚至一點顏色都不會給。

現在被一屋子的學霸盯著，秦時月的臉以肉眼可見的速度變紅，桌下的手不停地扯嚴明知的衣服。

可是嚴明知這時候也沒辦法救他，只能回以眼神，告訴她這下沒轍。

喻遊始終平靜淡漠地看著她，反而有點像兩人剛認識那樣。

秦時月訕訕地低下頭，緊張地扣著手指，正在想下課後要怎麼給自己找補時，卻聽見他用英文說：「既然不想聽我說話，那為什麼要來這裡浪費時間占用別人的座位資源？」

她的手指突然掐進肉裡。

感知到四周投來的目光，她臉上發熱，青一陣白一陣，直到下課都沒再抬起過頭。

下課後。

喻遊被學生擁簇著交流時餘光看見秦時月跑出教室的身影，心裡湧上一股煩躁。

可學生們太熱情，等他脫身，已經過去了半小時。

外面早已沒了秦時月的身影，電話也不接。

喻遊站在路邊，緊蹙著眉頭，深吸了一口氣，準備回家。

然而一轉身，卻看見秦時月從一棵樹後走了出來。

雖然隔得遠，但他明顯感覺到了她渾身散發的委屈之氣。

他快步朝她走去，站定的時候，她卻後退了一步。

「喻遊你什麼意思呀？」秦時月皺著眉頭，語氣激動，還帶了點哭腔，「你明知道我功課不好，明知道我就是為了你才來聽這天書的，明知道我聽不懂你說的那些東西，可是你幹什麼讓我當眾出醜？是覺得我配不上你的課嗎？那你早說呀我不來就是了，我以後都不煩你就是了。」

她抬手揉了揉發酸的眼睛，「本來我這種人成天讀書就已經夠累了，剛來那段時間我整晚整晚地失眠，我就像個小學生要強行學高階數學一樣困難，身邊的人都不帶我玩，聊天都插不進別人的話題，老師講一節課我要花三天才能消化。」

英國的雨說來就來。

出門的時候還是晴空萬里，這時已經烏雲密布，雨滴不由分說地打下來。

她抽抽搭搭地開始背藝術概論。

喻遊沒說話，將外套脫下來，遮在秦時月頭頂。

「藝術的基本特徵之二是情感性。藝術中的情感就、就是審美情感，是一種無功利的具有……人類普遍性的情感，情感在藝術活動的創造、生成與、與接受過程中都是重要的心理因素之一，同時情感又是藝術創作的基本元素。藝術家的情感往往通過藝術形象得到充分的展現。」

「你看這些東西，同學好多年前就融會貫通了，我現在還要死記硬背，還背不好。」

「我真的不知道要怎樣你才能不把我當成一個花瓶，是不是我要重新投胎一次啊？」

臉上流淌的不知道是雨水還是淚水，秦時月抹了一把臉，看見喻遊的頭髮濕了，髮梢滴著水。

那雙平日裡總是雲淡風輕的眼睛卻壓了下來，緊緊盯著她。

她不知道為什麼自己都哭了，喻遊還能這麼淡定。

這麼久的相處，她依然不值得激起他一絲絲的情緒起伏嗎？

「抱歉，是我不對，不該對妳發脾氣。」

一滴水從喻遊鏡框上滑過，在他說話的時候，滴入他的唇間。

他抬起手，掌心穿過秦時月的頭髮，扶著她的後頸，隱隱用力按著。

秦時月感覺，他好像要把自己往他懷裡按了。

可是沒有。

他只是用拇指輕輕摩挲著她的耳後，低聲道：「別在這裡淋雨，先回家行嗎？」

一路無話。

在喻遊開車的過程中，秦時月安靜如雞，看似還沉浸在悲傷裡，實際上小拳頭已經悄悄攥緊。

她剛剛都說了什麼啊？

明知道自己和喻遊的差距在哪裡，她還拚命自曝其短。

這幾個月好不容易能偶爾說一句挺深奧的話來表現了，結果現在讓喻遊知道她全是死記硬背。

所以一到家門口，秦時月連一聲「謝謝」都沒說就飛速下車。

走到臺階上了，她才敷衍地說了一句「你早點回去換衣服」。

一關上門，秦時月靠著牆深吸了好幾口氣，然後去換衣服洗澡。

她在浴缸裡躺了很久，情緒隨著水波起起伏伏。

一閉上眼睛，腦海裡就會浮現自己想像的喻遊鄙視她的模樣。

「啊……」秦時月躺平往浴缸裡滑，心想淹死得了。

沒多久她又爬出來，迅速擦乾了身體，穿上睡袍，跑出去點了個外送。

她今天早飯沒吃幾口，回來又折騰這麼久，還真有點餓。

這裡外送效率不高，足足等了四十分鐘，門鈴聲才響起。

秦時月連忙跑過去。

一打開門，出現在她眼前的不是外送員，而是喻遊。

他的頭髮濕軟地垂著，半乾的衣服貼著身體，被水跡浸出層次不一的顏色。

很明顯，他一直站在這裡沒離開過。

「你……」秦時月不知道他為什麼沒走，好像又知道他為什麼沒走。

那些不確定的想法在腦子裡亂撞，連帶著她的眼神也變得撲朔迷離，「你幹什麼啊？」

喻遊的臉色很沉，比他今天上課的時候還要嚴肅。

被他這麼看著，秦時月心裡莫名生怯。

畢竟，她也不是小孩子了。

當喻遊露出這樣的眼神時，她便該知道事情的走向會是兩個極端。

「時月，妳聽我說。」他終於開口，嗓音卻很溫柔。

秦時月的內心受到了些許安撫，也平靜地點頭，「嗯，我聽著。」

喻遊：「妳知道，我年紀不小了，但這些年戀愛一直不在我的規劃之中。」

「……」滴，好人卡。

秦時月強顏歡笑地點頭：「嗯，我知道啊。」

喻遊：「一旦我有了正經交往的女朋友，她會是我人生藍圖裡濃墨重彩的軌跡。所以我不想敷衍自己，也不想耽誤別人。」

「嗯。」秦時月繼續點頭，「你不用說得這麼委婉的，拒絕我嗎？直說就好了。」

「我不是在拒絕妳，是讓妳做好跟我步入漫長人生的準備，」喻遊抬手，將擋在兩人面前的門澈底推開，「如果妳還要繼續喜歡我的話。」

秦時月倏地抬頭，不可置信地看著喻遊，「你是什麼意思？」

「我的意思是。」喻遊上前一步，喉結輕微地滾動，想說得更清楚一些，卻又覺得沒必要了。

他抬手，扣著秦時月的後頸，低頭吻了上去。

在兩人交融的氣息中，秦時月的神思依然沒有清明，心卻漸漸沉入安穩的搖籃中。

她親吻著的這個男人，不動則已，動起來，足以讓她神魂顛倒。

在她長途跋涉了九十九步後，喻遊終於踏出了第一步。

而這一步，卻讓生活的藍圖清晰展現在她眼前。

他們的未來，一如這個吻，纏綿漫長，卻又熾熱。

——《錯撩》番外完——

高寶書版集團
gobooks.com.tw

YH 096
錯撩（下）

作　　者　翹搖
責任編輯　吳培禎
封面設計　Ancy Pi
內頁排版　賴姵均
企　　劃　鍾惠鈞

發 行 人　朱凱蕾
出　　版　英屬維京群島商高寶國際有限公司台灣分公司
　　　　　Global Group Holdings, Ltd.
地　　址　台北市內湖區洲子街88號3樓
網　　址　gobooks.com.tw
電　　話　(02) 27992788
電　　郵　readers@gobooks.com.tw（讀者服務部）
傳　　真　出版部(02) 27990909　行銷部 (02) 27993088
郵政劃撥　19394552
戶　　名　英屬維京群島商高寶國際有限公司台灣分公司
發　　行　英屬維京群島商高寶國際有限公司台灣分公司
初　　版　2022年7月

本著作物《錯撩》，作者：翹搖，由北京晉江原創網絡科技有限公司授權出版。

國家圖書館出版品預行編目(CIP)資料

錯撩/翹搖著. -- 初版. -- 臺北市：英屬維京群島商高寶國際有限公司臺灣分公司, 2022.07
冊；　公分. --

ISBN 978-986-506-476-1(上冊：平裝). --
ISBN 978-986-506-477-8(中冊：平裝). --
ISBN 978-986-506-478-5(下冊：平裝). --
ISBN 978-986-506-479-2(全套：平裝)

857.7　　111010454